Flávia Muniz

Manuel Filho

Regina Drummond

Shirley Souza

Lobisomem
e outros seres da escuridão

Ilustrações de Camila Torrano

© Flávia Muniz, Manuel Filho, Regina Drummond e Shirley Souza

Diretor editorial
Marcelo Duarte

Diretora comercial
Patty Pachas

Diretora de projetos especiais
Tatiana Fulas

Coordenadora editorial
Vanessa Sayuri Sawada

Assistentes editoriais
Lucas Santiago Vilela
Mayara dos Santos Freitas

Assistentes de arte
Alex Yamaki
Daniel Argento

Concepção e coordenação
da coleção
Carmen Lucia Campos
Shirley Souza

Projeto gráfico e
diagramação
Shiquita Bacana Editorial

Preparação
Liliana Pedroso

Revisão
Sandra Brazil

Impressão
Corprint

CIP – BRASIL. CATALOGAÇÃO NA PUBLICAÇÃO
SINDICATO NACIONAL DOS EDITORES DE LIVROS, RJ

Lobisomem e outros seres da escuridão / Flavia Muniz... [et al.]; ilustração Camila Torrano. – 1. ed. – São Paulo: Panda Books, 2013. 104 pp. il. (Hora do Medo, 4)

ISBN: 978-85-7888-323-2

1. Lobisomens – Literatura infantojuvenil. 2. Folclore – Literatura infantojuvenil. 3. Medo – Literatura infantojuvenil. 4. Literatura infantojuvenil brasileira. I. Torrano, Camila. II. Manuel Filho, 1968- III. Drummond, Regina. IV. Souza, Shirley. V. Título. VI. Série.

| 13-04335 | CDD: 028.5 |
| | CDU: 087.5 |

2013

Todos os direitos reservados à Panda Books.
Um selo da Editora Original Ltda.
Rua Henrique Schaumann, 286, cj. 41
05413-010 – São Paulo – SP
Tel./Fax: (11) 3088-8444
edoriginal@pandabooks.com.br
www.pandabooks.com.br
twitter.com/pandabooks
Visite também nossa página no Facebook.

Nenhuma parte desta publicação poderá ser reproduzida por qualquer meio ou forma sem a prévia autorização da Editora Original Ltda. A violação dos direitos autorais é crime estabelecido na Lei nº 9.610/98 e punido pelo artigo 184 do Código Penal.

Sumário

7. Seres da escuridão e o medo ao longo do tempo

Regina Drummond

11. O lobisomem

25. O mensageiro da morte

Flávia Muniz

37. Vermelho carmim

51. Marrom terra

Manuel Filho

63. O bilhete da bruxa

73. A vingança da sombra

Shirley Souza

83. O devorador de almas

93. Laila

seres da escuridão
e o medo ao longo do tempo

Existe clima melhor para histórias de terror e de suspense do que uma noite escura, talvez chuvosa, em que as sombras parecem ganhar vida e nossa imaginação se encarrega de delinear aquilo que não conseguimos ver com precisão nas trevas?

Os seres da escuridão, que ameaçam e amedrontam, estão presentes em todas as culturas... bruxas, demônios, feras, criaturas fantásticas. Entre eles, uma das mais clássicas figuras é a do lobisomem, conhecida em todo o mundo e considerada um dos mitos mais antigos da humanidade.

Em alguns lugares, a origem do lobisomem é explicada pela mordida de outro homem-lobo; em outros, é resultado de uma maldição ou de herança genética. A história apresenta inúmeras variações e continua a mudar ao longo do tempo, mas a base é comum em qualquer canto do planeta.

Existem registros escritos de histórias sobre homens que teriam a capacidade de se transformarem em lobos datados da época do apogeu da civilização greco-romana. Porém, é provável que antes disso os lobisomens já habitassem os relatos orais, as histórias narradas ao redor do fogo nas noites escuras ou de lua cheia. O lobisomem é encontrado na mitologia dos cinco continentes e até mesmo em sociedades tribais que ainda hoje não dominam a escrita.

Como o mito chegou até esses povos? Qual a sua origem? Por que ele é tão popular? Nenhuma dessas perguntas possui uma resposta exata e todas são temas de discussão e análise há muito tempo.

O livro dos lobisomens, de Sabine Baring-Gould, publicado em 1865, foi o primeiro a realizar um estudo e a documentar o quanto esse mito é antigo e difundido. O livro procura compreender o significado e a popularidade da figura do lobisomem, já que retrata algo tão terrível – a transformação do homem em fera que se alimenta de carne humana. Esta obra do século XIX apresenta uma coletânea de narrativas da tradição oral de diferentes culturas europeias. Reúne também textos literários de épocas e origens diversas, e alguns documentos que tratam de ocorrências supostamente reais de vítimas atacadas por lobisomens. O autor analisa todo esse conteúdo e discute o fascínio humano pela capacidade de se metamorfosear em animal, relacionando a fantasia a casos de distúrbios mentais em que homens acreditavam ser capazes de se transformarem em feras.

E, ao longo dos séculos, o mito do lobisomem se fortaleceu e ganhou novas versões, tanto na literatura quanto no cinema e na televisão.

No cinema, a primeira narrativa sobre o homem que se transforma em lobo foi, supostamente, um filme mudo do qual não restou nenhuma cena. Contudo, o primeiro clássico que chegou até os nossos dias foi *Werewolf of London* (*O Lobisomem de Londres*), de 1935, que se tornou um fracasso de bilheteria e fez com que o tema fosse esquecido até 1941, quando *The Wolfman* (*O Lobisomem*) conseguiu um imenso sucesso e abriu o caminho para os inúmeros filmes e séries de TV que até hoje atraem um grande público.

E, como não poderia deixar de ser, os lobisomens ocupam um papel de destaque neste livro, protagonizando dois contos que retratam bem esse clima tenso entre o humano e a fera. As outras seis histórias deste volume apresentam seres que também possuem uma profunda ligação com a escuridão. Alguns deles são tão antigos que, assim como os homens-lobos, sua origem é difícil de ser determinada. Outros foram criados pelos escritores especialmente para este livro e iniciam aqui sua jornada pelas trevas.

Nos contos que você lerá em *O Lobisomem e outros seres da escuridão*, as criaturas das sombras invadem o cotidiano de pessoas comuns, aproximando-se perigosamente da realidade e deixando a dúvida para o leitor responder: será possível?

Regina Drummond

O lobisomem

João não saberia dizer quando se tornou lobisomem. De fato, ele não fizera nada para que isso lhe acontecesse, apenas tivera o azar de ser o sétimo filho de um casal que só tinha filhas. Uma desgraça como qualquer outra, destinada aos escolhidos, tão difícil quanto ganhar na mega-sena. Ele fora premiado com a maldição.

Pálido e desbotado, desde pequeno João tinha sido um menino quieto e entristecido, mas que não apresentava nenhum sinal de anormalidade. Assim que as penugens do rosto principiaram a engrossar, seguidas da voz, que pôs-se a mudar de tom no meio da frase, e das espinhas, que passaram a decorar a sua pele, João começou a se sentir estranho. Sabia que alguma coisa iria acontecer. E não demorou muito.

Certa noite, ele percebeu uma inquietante energia no ar, traduzida pelo desassossego que atiçava sua alma. O garoto andava para lá e para cá como uma fera enjaulada, preso em um espaço pequeno demais para a sua inquietação. Então, ela chegou. E a primeira lua cheia o lobisomem nunca esquece.

Era verão. Um bafo de calor amornava o vento da noite. Dentro de casa parecia um forno, mesmo com as janelas abertas. João saiu para a rua, desejoso de se refrescar. E descobriu que toda a vizinhança tinha tido a mesma ideia! A rua estava animada e ele ficou ouvindo as conversas, ora aqui, ora ali, sem saber o que queria fazer, onde desejava estar, se sentindo um pária. Já fazia tempo que o mundo não lhe indicava o lugar exato que tinha marcado para ele.

De um lado, as mulheres, entre elas sua mãe e as irmãs, comentando as novidades com as vizinhas. O casório da Joana com o Zé, festa como nunca se viu no lugar; o Tonho que tinha ido estudar na capital, deixando a Pimpinha chorosa; o bebê da Bastiana que andava adoentado; receitas de bolos e de cremes para os cabelos...

O pai pitava seu cachimbo, sentado num toco de árvore, junto aos outros homens. Falavam do calor e do governo, da carestia e da seca que estava matando a plantação, mas se estivesse chovendo, eles reclamariam das águas.

As crianças pequenas ouviam as histórias que as avós contavam, enquanto os maiores se divertiam: os meninos brincando de chicotinho queimado e as meninas, de roda.

Sem se interessar pelo que os adultos diziam, sem ter vontade de brincar como criança, sem saber onde ficar, João parou no meio do quintal, as pernas abertas para se equilibrar, e olhou o céu.

Embora numerosas, as estrelas estavam pálidas por causa da lua, grande e brilhante, que parecia um queijo.

João não saberia dizer por que motivo pensou: "Sexta-feira. É hoje."

E sentiu muita vontade, mas muita mesmo, de louvar a beleza daquela bola branca com um sonoro uivo. Conseguiu se controlar.

O garoto zanzou um pouco por ali. Assim que percebeu que os vizinhos estavam se retirando, disfarçou e saiu de fininho, escondendo-se no meio das árvores. Sentia uma vontade incontrolável de ficar só e de seguir o ritmo do seu corpo. Resolveu caminhar um pouco.

João andou pela estrada de terra que levava à casa do Nando, seu melhor amigo. Ia entrar numa trilha e cortar caminho, mas parou quando chegou na encruzilhada, exatamente onde um burro tinha feito cocô. A lua iluminava tudo quase como se fosse dia. Ele não resistiu: olhou-a dentro do seu único olho branco e fez:

– Auuuuu!

Então, aconteceu.

João precisou tirar toda a roupa, porque seus músculos estavam ficando fortes e definidos. Jogou-a no chão e foi dando um nó em cada peça, até chegar ao número sete. Enquanto isso, uns pelos esquisitos iam crescendo no seu corpo; seu rosto se alongou tanto que virou um focinho; suas unhas cresceram, seus dentes também, e João começou a rolar no chão, porque aquilo doía muito. Ele se debatia, sem saber que estava em cima do cocô que o burro tinha feito.

– Auuuuu! – uivou ele, agora de dor.

Quando tudo acabou, um lobo tinha tomado seu lugar e saído em disparada. A ventania que levantava à sua passagem faria inveja a um tufão, mas o pobre rapaz não tinha tempo para pensar nisso, e corria, corria, corria... Sabia que tinha de percorrer sete cidades, sete cemitérios e sete igrejas, antes de o sol nascer, para adquirir o direito de comer a sua primeira refeição em sua forma não humana: carne de gente.

João imediatamente intuiu que seria melhor se alimentar o mais longe de casa possível, para que ninguém desconfiasse dele. E assim passou a fazer.

Volta e meia, os habitantes da cidadezinha ouviam relatos dos viajantes, contando sobre um cão enorme que aparecera do nada e matara homens grandes e fortes. Outros falavam de um monstro com orelhas compridas e cara de morcego que tinha devorado crianças. Havia quem dissesse que o tal bicho era um lobo. Todos eles afirmavam que a criatura só aparecia nas noites de sexta-feira e uivava para a lua cheia.

O tempo passou. João cresceu. E conheceu Maria.

Ela era linda, com o rostinho doce cheio de sardas e as tranças caindo uma sobre cada ombro. Usava adoráveis vestidinhos de chita colorida e parecia mais menina do que mulher. Bem, talvez não fosse. Ela olhou para ele e segurou firme o olhar que ele lhe lançou.

João foi falar com o pai da sua princesa, disse que suas intenções eram boas e ganhou licença para conversar com Maria na sala de visitas da casa dela.

O problema era a sexta-feira, dia internacional do namoro. Nesse dia, João ficava inquieto... Na sexta-feira de lua cheia, então, não tinha jeito: ele sumia. E Maria ficava triste, porque não sabia o que estava acontecendo com o namorado.

Resolveu perguntar para ele.
— João, será que você não gosta mais de mim? – sussurrou.
— Que é isso, coração? Amo você, sim. Amo você muito! – João apertou as mãos dela, de olho na avó, que fazia tricô no outro sofá, ao lado deles.
— Então, por que toda sexta-feira eu tenho de ficar sozinha em casa, enquanto as minhas amigas vão dançar com os namorados? – exagerou.

Não encontrando o que responder, João abaixou a cabeça e ficou quieto.

Amuada, ela se afastou um pouquinho dele.

João ficou gelado, pensando: "Será que ela está desconfiada de alguma coisa?".

De repente, Maria disse:
— João, se você não me levar à festa de aniversário da Rosinha, na próxima sexta-feira, nosso namoro está acabado.

O pobre rapaz quase teve um troço. E agora? Era justamente o dia da lua cheia!

Mas teve de dizer que sim.

À medida que a sexta-feira se aproximava, mais nervoso João ficava. Por fim, decidiu: não ia se arriscar a perder a namorada. O jeito era se segurar e tentar fazer presença na festa. Pelo menos, antes da meia-noite ele garantia. Depois...

Pobre João! Ele bem que tentou... Ele bem que se esforçou! Mas o instinto foi mais forte. Ele sempre é mais forte. E venceu.

A noite começou bem. Ele buscou Maria em casa e ficou deslumbrado com a beleza dela, valorizada pelo vestido de *chiffon* vermelho, que dançava quando ela caminhava, acompanhando o movimento dos seus quadris. Quando eles começaram a bailar, então, parecia um sonho, o vestido girando mais do que eles. Não havia moça mais bonita e elegante na festa.

Uma hora, ela disse que estava cansada e os dois foram descansar debaixo de um caramanchão, de mãos dadas.

A lua, traiçoeira, espreitou o par por detrás das nuvens. João olhou para ela e segurou o uivo, mas não pôde se impedir de sentir fome. Muita fome. Uma fome avassaladora. Uma fome tão imensa que o cegou. Em pânico, o rapaz saiu correndo e deixou Maria sozinha.

Logo adiante tinha uma encruzilhada. Sempre despreocupados quanto aos lugares onde faziam suas necessidades, um burro ou jumento já tinha deixado nela o que João precisava e... Bem, não é necessário descrever novamente o que aconteceu.

Zunindo como um foguete, João percorreu as sete cidades, os sete cemitérios e as sete igrejas, comeu rapidamente uma ovelha que estava dando sopa no pasto e voltou correndo para ver se Maria ainda estava na festa.

Imaginá-la triste e perdida, após a sua fuga, deixou João perturbado. Imaginá-la linda e leve, rodopiando nos braços de outro, deixou-o maluco.

João se escondeu entre as árvores, ainda na sua forma animal, e viu que ela continuava sentada no mesmo lugar. Tristonha, segurava o rosto entre as mãos.

Ele enlouqueceu. Queria abraçá-la e pedir perdão por fazê-la sofrer. Sabia o quanto tinha sido injusto, ao trazê-la para viver uma maldição que era sua.

O lobo foi se aproximando, devagar. A condição humana do rapaz se misturava com a animal e ele não sabia mais quem pensava e quem agia. Chegou pertinho da garota e fungou para reter o cheiro doce do corpo dela, que despertava nele sentimentos confusos. Parou, indeciso. Foi nesse momento que ela o viu.

– Socorro! Um lobisomem! – gritou.

Apavorada, sem conseguir sair do lugar, Maria continuou gritando como se João fosse um monstro, o monstro que ele de fato era.

O lobisomem ficou alucinado de mágoa. Com o susto, ele também parou, avançando sobre ela em seguida.

A garota era ágil e conseguiu escapulir, mas os dentes do animal rasgaram a saia do seu lindo vestido de *chiffon* vermelho. Foi uma sorte que não tenham arranhado a pele, pois só isso já bastaria para ela compartilhar da sua sina, virando uma lobimulher. Sem falar no pior: ele poderia tê-la matado e comido. Ali mesmo. Na hora.

Ouvindo os gritos, os casais pararam de dançar para ver o que tinha acontecido. As garotas se agarraram umas às outras como ovelhas assustadas. Os rapazes se armaram de paus e pedras para perseguir o lobo, mas ele já estava a muitos quilômetros de distância.

Na manhã seguinte, arrependido e envergonhado, João colheu algumas flores e foi procurar Maria para lhe pedir perdão por tê-la abandonado na festa.

Ela o viu chegando antes que ele chamasse no portão e foi logo dizendo:

– João, fiquei tão preocupada com você ontem... Você desapareceu sem avisar e eu, sem saber o que fazer, resolvi esperar. Confesso que pensei que você tivesse tido algum problema urgente, sei lá, uma dor de barriga, alguma coisa assim. Nisso, um bicho enorme e peludo me atacou! Você não imagina como foi horrível! Ele parecia um lobisomem! E rasgou a saia do meu lindo vestido...

Ela ficou triste, quando disse isso, mas o namorado não pôde deixar de se sentir feliz: ela não estava chateada com ele! João, então, abriu o mais cativante dos seus sorrisos, um daqueles que guardava para as ocasiões especiais... E foi então que ela viu!

– O que é esse fio vermelho no meio dos seus dentes? – perguntou assustada.

– Fi-o? – ele gaguejou, sem entender. – Que fio? Onde?

– No meio... dos seus... dentes... – sussurrou, se afastando.

– É impressão sua – respondeu ele, tranquilizador. – Veja de perto.

– Não se aproxime de mim! – ela gritou, os braços estendidos, as mãos espalmadas.

– Maria, por favor! – gemeu ele.

– Há alguma coisa errada com você, João! – disse ela.

– O que está errado comigo, Maria? – repetiu ele como um idiota.

– Não posso mais fingir para mim mesma, João... – sussurrou ela, as lágrimas jorrando dos olhos. – Agora eu sei de tudo! Era você, ontem! Esse fio vermelho no meio dos seus dentes incisivos é do meu vestido que você rasgou!

– De onde você tirou essa ideia, querida? – ele tentou acalmá-la.

— João, você é lobisomem! — despejou ela, caindo sobre a cadeira. — Agora eu tenho certeza!

Não dava mais para negar. João se ajoelhou aos pés da garota e contou tudo para ela, a cabeça baixa, a voz embargada. No final, tomou as mãos dela entre as suas.

— Não é culpa minha... — explicou. — Eu nasci assim. Não sei nem mesmo o que fiz para merecer o castigo... Me perdoe, Maria querida! Sei que não deveria ter me aproximado de você, mas, juro, foi por amor! Eu amo você! — Ele se levantou e se dirigiu à porta, dizendo: — Agora, acabou! Vou-me embora daqui para sempre e você nunca mais ouvirá falar de mim! Só diga que me perdoa, por favor!

Para sua surpresa, Maria se ergueu da cadeira e respondeu:

— Eu também amo você, João! E não quero perder o seu amor! Deve haver um meio de desencantar lobisomem...

Ele voltou e tomou-a nos braços, perguntando, esperançoso:

— Será...?

— Sim, deve existir! — disse ela, decidida. — Eu vou descobrir como! E vou salvá-lo, meu amor!

A partir desse dia, Maria começou a procurar uma maneira de livrar o namorado da maldição. Ia de cidade em cidade, de aldeia em aldeia, de povoado em povoado, sempre perguntando para as pessoas:

— Dona, a senhora sabe um jeito de desencantar lobisomem?

Elas respondiam:

— Não, desculpe...

— Moço, você sabe um jeito...?

– Não...

A pergunta era sempre a mesma. A resposta também.

E ela andava mais alguns quilômetros, e entrava em outro vilarejo, e perguntava, e ninguém sabia.

Seus pés primeiro se encheram de bolhas; depois, começaram a ficar em carne viva. Ela continuava caminhando e perguntando a todos que encontrava:

– O senhor sabe...?

Ninguém sabia.

As feridas nos pés cicatrizaram e viraram calos profundos que a enlouqueciam de dor, mas ela não parou de andar, e sempre perguntando a quem encontrasse:

– A senhora sabe...?

O tempo foi passando. Os cabelos de Maria cresceram e quase se arrastavam pelo chão. Suas unhas tinham virado garras. Suas roupas tinham se esfarrapado. Ela estava magrinha, magrinha, e triste, muito triste. Não aguentava mais dormir sobre as pedras dos caminhos. Não aguentava mais ser ameaçada por animais selvagens. Não aguentava mais a solidão. Mas continuava perguntando:

– Mo-ço, você sabe... um jeito... de...?

João via tudo isso, porque ele a acompanhava a distância, uns dias como homem, outros como lobo. Ele não podia fazer nada, mas tomava conta dela. E sofria.

Até que, um dia, quando Maria já estava cansada e infeliz, doente e desnutrida, uma gota de esperança pingou no seu coração: ela ouviu um sim!

– Sim, minha filha – disse uma mulher muito velha. – Eu conheço alguém que pode ajudá-la. Nhô Eusébio é o nome dele. Venha, vou levá-la até ele.

Maria usou suas últimas forças para pular de contente, antes de cair desmaiada de emoção.

João nunca soube o que aconteceu dentro daquela casinha feita de troncos, escondida no meio das árvores, no alto da montanha. Ficou lá fora, esperando pela namorada, durante vários dias, até que a sexta-feira chegou. Como era noite de lua cheia, ele se afastou dali e foi cumprir a sua sina.

Mais tarde, procurou um cemitério para esperar o canto do galo anunciando o Sol, quando então voltaria à forma humana. De um salto, subiu no muro e andou em cima dele por muitos metros, até que avistou um lugar do seu agrado, no chão. O terreno ali era macio e João o afofou com as patas dianteiras para ter certeza de que não iria machucá-lo. Após tantos anos como lobisomem, suas costas começavam a doer, principalmente na hora de "desvirar".

Exatamente no momento em que começou a rolar no chão, João sentiu uma picada. A dor foi tão aguda que ele rosnou forte, para, em seguida, uivar como um condenado.

– Aaauuu!

Parecia que tinham injetado fogo nas suas veias. Era como se um veneno o estivesse dilacerando por dentro. O lobo sentiu uma presença e voltou a cabeça, cego de aflição, alucinado de dor, para morder quem ousara desafiá-lo daquele jeito, mas qual não foi a sua surpresa, quando se viu João. À sua frente, Maria chorava, segurando algo pontudo entre os dedos.

Ela ainda conseguiu explicar:

— Este espinho vem de uma roseira que foi plantada numa sexta-feira, dia 13 de agosto, à meia-noite, no primeiro dia da lua cheia.

João nem ouviu. Tomou-a nos braços e beijou-a tanto, tanto, de pura felicidade. Ele sabia que não era mais um lobisomem, tinha certeza de que a maldição tinha sido quebrada. E que isso só fora possível graças ao amor e à coragem da sua namorada.

— Quer se casar comigo? – perguntou.

— João, eu não sei... – gaguejou ela, afastando-se dele. – Olhe que criatura horrível eu me tornei!

— Horrível? – ele riu. – Para mim, você é a mulher mais linda do mundo!

Ela riu também e o final da história é fácil de imaginar.

Nota da Autora

O lobisomem é um motivo mítico universal e uma figura popular no mundo inteiro. Ele existe até na China – e há mais de 5 mil anos! Certamente veio para o Brasil nas caravelas de portugueses e espanhóis, mas ganhou aqui um pouco de cor local.

Nesse texto, além de me basear em histórias que eu ouvia quando criança, procurei usar os elementos mais brasileiros da lenda, mantendo as tradições de Minas Gerais, que podem ser encontradas nos livros de Luís da Câmara Cascudo. Quis dar também um toque diferente, orientando a narração do ponto de vista do lobisomem, ou seja, aqui você encontra um lobisomem contando a sua história.

A respeito de contos que apresentam um ser humano transformado em animal, dizem os estudiosos que se trata da jornada de uma pessoa na busca de sua humanidade. Todos nós temos de alcançar a maturidade, abandonando o mundo infantil e lutando por nosso crescimento. Só assim poderemos ser felizes, completos, momento que será marcado pelo encontro com o(a) parceiro(a) ideal.

E não é fácil recuperar a humanidade, quando se está preso na animalidade. Os heróis e as heroínas das histórias devem passar por muitos sacrifícios, para obter a transformação.

Regina Drummond

O mensageiro da morte

Rodeada pelos amigos e familiares, no meio da festa que comemorava os seus 120 anos, Maria do Céu se sentia muito feliz. Além das pessoas que ela amava, havia fotógrafos e jornalistas de todos os recantos do planeta para registrar o evento. Os presidentes de vários países mandaram os seus cumprimentos. Reis e rainhas lhe enviaram presentes. Até o Papa desejou muita saúde para aquela que era a mulher mais velha do mundo.

Bem que ela gostaria de ter ficado jovem para sempre, sem problemas nas juntas, as pernas firmes, o coração batendo forte (quem sabe, até mesmo de paixão), a cabeça boa, a memória em dia... Mas já que acontecera diferente, ela não reclamava. Era um privilégio, de qualquer forma.

Vó Céu estava elegante, no seu vestido de renda rosa bordado em dourado. Tinha ido ao cabelereiro para pentear as madeixas; um rapaz lhe fizera uma maquiagem bonita e suave, realçando a doçura dos seus olhos; o esmalte das unhas apresentava uma bela pintura com flores, enfim, tudo estava como deveria.

Ela pensou na sua vida. Nem sempre ela fora maravilhosa, mas agora deslizava como um rio, mansa e agradável. Os seis filhos já passavam dos noventa anos, os 18 netos se dividiam entre sessentões e setentões, os 29 bisnetos eram adultos, os 39 tataranetos de idades variadas estavam na universidade – entrando ou saindo, conforme o caso –, enquanto as duas tatataranetas gêmeas, de um ano e pouco, corriam no meio dos convidados, disputando a atenção... E ela, velha, sim, mas se sentindo a rainha!

Dona Céu era uma matriarca animada, que gostava de contar histórias engraçadas, de gargalhar alto, de usar roupas coloridas.

– De preto ou marrom, fico parecendo uma velha! – afirmava, rindo gostosamente.

Na opinião dela, os filhos tinham ficado chatos e ranzinzas, os netos estavam totalmente por fora de tudo, os bisnetos eram muito ocupados e, para correr atrás de crianças pequenas, ela não tinha mais energia. Boa mesmo era a companhia dos tataranetos – e sobretudo das tataranetas, com quem adorava trocar livros, batons, perfumes, filmes, CDs e aquelas quinquilharias que as garotas gostam.

Todo mundo tinha curiosidade de saber onde ela fora buscar essa longevidade toda. Os mais indiscretos bem que perguntavam, mas ela nunca respondia.

Não podia contar seu segredo.

Maria do Céu tinha contatos com o além. Ela sabia fazer magias para o amor, a prosperidade, a saúde e todas aquelas coisas boas que tornam melhor a vida da gente. Benzia para espantar mau-olhado, costurava umbigo rendido, secava verrugas e até mesmo perebas que os médicos não conseguiam curar. Limpava a aura das pessoas, trazendo harmonia e equilíbrio para elas. Tinha sempre uma palavra gentil para todos que a procuravam.

Para melhor desempenhar aquilo que ela achava que era a sua missão no planeta, tornou-se enfermeira.

Certa noite, Dona Céu foi cuidar de uma doente, cuja filha tinha ido ao teatro com o marido. A paciente estava adormecida, então, ela se sentou na poltrona ao lado da cama e ficou olhando a noite.

A chuva, que começara fininha, tinha engrossado tanto que os pingos machucavam as flores do jardim. A névoa envolvia a rua deserta como uma mortalha. Do Céu ficou assustada. Ela tinha horror a tempestades. Logo, relâmpagos estouravam na noite e ela se encolhia toda, tampando os ouvidos para não ouvir os trovões que os seguiam. Desejava estar em casa, com a família, em segurança.

– Puf! – fez a luz do abajur de cabeceira. Era a energia indo embora. A casa caiu na escuridão, arrastando a rua consigo.

Do Céu gritou. Um tremor lhe sacudiu o corpo. Nisso, um clarão cortou o negrume e ela teve a impressão de ver um vulto atrás da cortina.

Levantou-se de um salto, gelada de pavor, e correu para o outro lado. Seu coração batia tão forte que ela ficou tonta, mas quando suas pupilas se abriram para compensar a falta de luz, ela pôde ver um homenzinho parado, os olhos brilhando como faróis.

Totalmente careca, com a boca em formato de O do mesmo tamanho que os seus olhos, a pele esverdeada e um ar feroz, ele era feio e lembrava um demônio, com chifres na cabeça e pés de bode. Trazia um pacote nas mãos, embrulhado em um papel brilhante e com um maravilhoso laço de fita em cima.

Embora estivesse muito mal, a paciente se levantou para recebê-lo. Parecia até que o conhecia. Ela pegou o presente, agradeceu, e a figura foi embora. À medida que a doente abria o pacote, porém, ele ia se desmanchando, até que, nas mãos dela, só restou uma espécie de nuvem colorida, dando voltinhas sinuosas no ar como uma letra árabe.

Surpresa, Do Céu teve a impressão de que havia alguma coisa escrita ali, mas não chegou a ver o que era. A luz imediatamente voltou, ofuscando seus olhos. A tempestade amainou de repente. E Do Céu ficou sem saber se estava ficando louca ou se tinha sonhado.

Quando foi verificar se a doente estava bem, percebeu que ela tinha parado de respirar.

Por mais que pensasse, a jovem Maria do Céu não achava uma resposta para o que tinha visto. Quem era aquela figura? Tinha sido coincidência ou havia mesmo uma conexão entre o pacote e a partida da mulher?

Alguns dias depois, estava Do Céu na casa da vizinha, embalando um bebê que não tinha nada além de cólicas, enquanto a mãe atendia um compromisso. De repente, do meio da noite sem lua saiu o mesmo monstrinho. Ele entrou no quarto, trazendo nas mãos o mesmo pacote bonito, só que bem menor e de outra cor, sugerindo uma coisa boa de brincar.

Do Céu ficou apavorada. Só faltava essa, agora! Será que o demônio queria levar o bebê consigo, como fizera com a mulher? O que ela, pobre mortal, poderia fazer para impedir a criatura de realizar seu intento?

Um suor frio começou a brotar das têmporas da enfermeira. Em desespero, ela agarrou o bebê e gritou:

– Vá embora!

O demônio deu alguns passos para a frente, devagar, se aproximando dos dois, enquanto ela abria distância entre eles andando para trás com as pernas bambas, até que se encontrou com a parede e não pôde mais fugir.

Ele entregou o presente à criança e recebeu um lindo sorriso banguela de volta.

Do Céu ainda teve tempo de pensar que coisa mais incrível, uma criaturinha tão pequena, de repente cheia de coordenação nas mãos para abrir o pacote. Ela viu que os fiapos de nuvem escreviam a data do dia seguinte, além de outras coisas que ela não conseguiu ler, enquanto as letras se desmanchavam como fumaça ao vento. E tudo desapareceu.

Do Céu entrou em pânico. O que seria aquilo? Mas tinha de se dominar e ficou tremendo, enquanto o tempo passava, no seu ritmo.

Pouco depois, a mãe do bebê chegou e Do Céu voltou para casa.

Ela dormiu mal e acordou com um frio estranho no corpo. Sentia um bolo no estômago, um peso na cabeça, uma névoa nos olhos, um zumbido nos ouvidos. O marido já saíra para o trabalho, mas ela não vira nada, no seu sono de medo.

O dia foi horrível. Ela carregava um estranho pressentimento no coração, por isso, não ficou surpresa quando, à noite, a vizinha saiu porta afora gritando, desesperada, a criança apertada nos braços.

– Meu pequeno... Suspirou e se foi! Nem estava doente nem nada! – gemeu. – Deve ser um pesadelo! Veja isso para mim, Do Céu, por favor, e me acorde!

O mais enlouquecedor foi que, nesse exato momento, o pequeno demônio apareceu novamente e fez a mesma coisa: entregou um belo pacote para a mãe da criança, retirando-se em seguida.

A mãe estava muito perturbada, mas mesmo assim ela abriu o presente, enquanto ele ia se desmanchando ao toque de suas mãos.

Como ela demorou um pouco mais no processo, Maria do Céu pôde ler algumas palavras, antes que sumissem no ar: "Na rua... aciden... 2 de janeir..."

Do Céu não seria capaz de afirmar, mas teve a impressão de que a data era para dali a dez anos.

O que seria aquilo?

A mãe do bebê ignorou a interrupção como se ela não tivesse acontecido. Ainda em transe, pediu à amiga que a acompanhasse para ajudá-la no que teria de fazer, e as duas saíram.

A enfermeira andava como se estivesse no meio de um pesadelo. Estava apavorada. Tinha certeza de que, em instantes, a mãe também partiria para o outro lado da vida e ela ficaria com mais interrogações na cabeça... No entanto, a noite passou e o dia também. Apesar do seu desespero, a mãe da criança continuava viva e assim permaneceu.

Depois disso, Maria do Céu nunca mais foi a mesma. Viu o demônio outras vezes, sempre à noite, entregando o pacote às pessoas adormecidas ou em transe. Ele trazia uma mensagem de morte, essa era sua única certeza. Mas para quê? Ela até conseguia ler as palavras, mas não as entendia, pois não associava aquilo a nada. De qualquer maneira, vivia aflita, pois achava que só podia ser coisa ruim.

A presença da Morte na vida de uma enfermeira é uma constante. Do Céu já tinha visto a criatura várias vezes e não a temia. Odiava quando ela vinha buscar crianças e jovens, mas sabia que ela era necessária para aliviar o sofrimento daqueles que não tinham mais esperanças de ter uma vida digna. O pequeno demônio, porém, lhe era absolutamente repugnante. Ele a deixava aterrorizada, era uma presença sinistra. O que ele queria, afinal? Qual era a sua conexão com a Morte?

A resposta chegou de repente, embora estivesse ali todo o tempo.

Do Céu estava acordada naquela noite, quando viu a criatura entrar. Ele parou na porta do quarto onde ela estava benzendo um homem idoso e até pareceu esperar que ela terminasse; só então ofereceu o lindo presente que trazia, um pacote cheio de luzes piscando no lugar do laço de fita, retirando-se em seguida com uma mesura.

O homem estava muito mal e ficou feliz quando o demônio lhe ofereceu aquilo que Do Céu pensou ser o aviso de que seu descanso eterno ia começar. Sorriu, fechou os olhos, suspirou, mas não foi embora, ao contrário, começou a melhorar e se recuperou completamente.

Intrigadíssima, Do Céu resolveu fazer uma pesquisa séria sobre os seres misteriosos que interferiam na nossa vida. Procurando nos livros que falavam do além, acabou encontrando o fac-símile de um documento antiquíssimo, cujo conteúdo estranhos criptogramas escondiam. Ela demorou semanas tentando decifrá-lo, mas finalmente a sorte lhe sorriu e ela leu:

Ao contrário do que todos pensam, a Morte não é solitária. Ela tem um parceiro: o mensageiro que a anuncia. A Morte sempre se anuncia, as pessoas é que não percebem.

Se ele pudesse ser visto, seria confundido com um demônio, pois se parecem até no nome: o mensageiro atende por Tindônio, embora não se possa dizer que alguém o chame. Como de sua boca redonda não costumam sair palavras, pode ser que ele seja mudo. Aparece sem avisar, num momento do seu agrado e disponibilidade, e entrega aos viventes um pacote lindamente embrulhado. Dentro, uma data, um horário e um local estão escritos com nuvens brancas ou coloridas, que se desmancham ao contato das mãos.

Durante o dia, Tindônio é cego, por isso, ele prefere trabalhar à noite. Gosta muito das madrugadas sombrias e tenebrosas, em especial quando as tempestades desabam. Como nesse horário as pessoas costumam estar dormindo, se acontecer de uma delas se lembrar de que ganhou um presente, pensará que sonhou. E como quase todo mundo se esquece dos seus sonhos, as pessoas acabam não recebendo a informação que o presente traz. O demônio também pode aparecer a qualquer momento do dia e escolhe aqueles em que alguém está doente ou vivendo uma espécie de transe, entre dois mundos, perturbado.

A ausência de um padrão confunde os humanos, impedindo-os de reconhecer o mensageiro e assimilar a mensagem. Assim, elas vivem uma vida inteira ignorando o dia da viagem de volta, o que faz com que pensem que vão viver para sempre.

– Ah, então o danado se chama Tindônio! – exclamou Do Céu para si mesma. – Ele é aquele com quem ninguém jamais conversou! O que ele anuncia é a data, o horário e o local em que a Morte virá buscar cada um dos vivos!

Embora feliz por ter conseguido decifrar o enigma, a enfermeira pensou que não saber o dia da própria morte era uma coisa boa. Que expectativa mais cruel seria essa! Ao mesmo tempo, uma dúvida pairou no ar:

– Será que já recebi meu presente?

Na falta de uma confirmação, ela decidiu que não.

E Do Céu, que adorava a vida, resolveu enganar a Morte.

Ela começou anotando os próprios sonhos, todas as manhãs. Fez também um estudo das vezes que vira Tindônio anunciando o grande dia, montou planilhas e gráficos, só não pôs tudo no computador para fazer o levantamento dos métodos da Morte porque naquele tempo o computador ainda não tinha sido inventado. Mas ela sabia fazer essas coisas a mão mesmo, e não perdeu tempo.

Ela via o mensageiro cada vez com mais frequência, mas continuava com medo dele, tanto medo que decidiu enfrentar os dois, a criatura e o seu próprio medo. Para criar certa intimidade entre eles, deu ao demônio o apelido de Tintim.

E, então, certa noite, ele veio. Parou na frente dela, pacote na mão, um belo laço em rosa *pink*, a cor preferida dela, coroando o presente.

— Não, Tintim — disse Maria do Céu, fingindo calma. — Você está no sonho errado. Este presente não é para mim.

Ele não discutiu. Deu-lhe as costas e foi embora, silencioso como sempre.

Ela acordou rindo, mas não contou nada a ninguém.

Passado algum tempo, lá veio o Tintim de novo.

Aquela noite estava particularmente bonita. Na varanda da sua casa, Do Céu tomava ar fresco e olhava as estrelas. Ela viu quando ele se aproximou, um pacote dourado e vermelho nas mãos, tão lindo que Do Céu quase o confundiu com um cometa. Mas percebeu seu engano a tempo.

— Não, Tintim — argumentou ela, suavemente, sem se levantar. — Ainda não é Natal. Volte quando dezembro chegar.

Mas quando dezembro chegou e o pequeno demônio voltou, Do Céu fingiu surpresa:

— Que é isso, Tintim? Você de novo? Já ganhei tanto presente, que não tenho mais onde colocar nada. Volte outro dia, por favor.

Ele concordou com a cabeça e foi embora, levando o pacote consigo.

E assim Do Céu foi se recusando a receber o presente, enquanto os anos iam passando, sua família ia crescendo e sua alegria aumentava. Pena que a dor nas costas também...

Até que, um dia, a Morte se cansou.

— Você é um palerma! Ninguém pode ficar pra semente! — explicou ela ao ajudante. — Mas deixe pra lá. Irei pessoalmente buscar essa mulher!

Só assim para Do Céu aceitar que seu dia tinha chegado! Mas, convenhamos, ela tinha acabado de fazer 120 anos e isso era, de fato, um bom tempo curtindo a vida!

Rodeada pelos amigos e familiares, Maria do Céu se sentia a mulher mais feliz do mundo, quando viu entrar uma figura que não tinha sido convidada para a sua festa. Reconhecendo-a de imediato, abaixou o olhar e apertou os lábios, alisando uma prega imaginária no vestido de renda rosa bordado em dourado. Atrás da intrusa, vinha o pequeno demônio, trazendo na mão esquerda um lindo pacote em papel reciclado, enfeitado com flores secas.

A aniversariante não pôde evitar o pensamento:

"Minha hora chegou! O engraçado é que ela é quem está na frente... Parece até que eles trocaram os papéis!".

E sorriu, ao mesmo tempo que fechava os olhos, à espera do golpe fatal.

Regina Drummond

Arquivo pessoal

Tenho a mais absoluta certeza da existência de bruxas, fantasmas, duendes, elfos, vampiros e outros seres fantásticos, porque vivo no meio deles desde que nasci (mas para não parecer muito louca, finjo que moro na Alemanha, com meu marido, e visito sempre meus filhos e netos que ficaram em São Paulo).

Esses seres estão à nossa volta, mas em dimensões que não podem ser visitadas por quem não acredita. Estamos sempre interagindo com eles; eles podem interferir na nossa vida dando dicas, conselhos, ajuda – e realmente fazem isso. Não é como ter um amigo da escola, mas pode ser muito melhor!

Uma maneira de conhecê-los – e aprender a lidar com eles – é acompanhar a sua vida e as aventuras desses seres nos livros. As pessoas pensam que as histórias são inventadas pelos autores, mas são, de fato, sopradas ao pé do ouvido, por eles mesmos – quem tem algum tipo de conexão com o mundo mágico sabe do que estou falando. Adoro a vida de "intérprete" que me fez escrever quase cem livros. Alguns me deram prêmios e destaques, mas todos me presentearam com suas alegrias e emoções.

Flávia Muniz

Vermelho carmim

Dia 22/8, casa na floresta

Caminhei durante horas, sentindo o ar fresco da noite enregelar meu corpo.

Tanta vida repleta de sons, o cheiro da mata, invadindo meus pulmões.

Sempre acreditei que fosse capaz de dizer "não"!

Nunca duvidei que pudesse ter forças para resistir...

Mas é impossível.

Quando a lua surgir no céu, tingindo a escuridão e revelando a sombra do que sou, minha alma já será maldita, outra vez.

Ele releu o diário e o guardou cuidadosamente na gaveta que sempre trazia trancada. Em seguida, sentou-se na varanda para continuar a escrever seu livro. Havia tido outro sonho

naquela noite e sua inspiração retornara densa, mas fugaz. Era necessário aproveitar as imagens que volteavam em sua mente e que o ajudavam a criar, a fantasiar.

Começou a digitar, no mesmo ritmo de seus pensamentos.

O carro freou subitamente na estrada de terra que cercava a antiga propriedade.

Um vulto abriu a porta e desceu apressado.

– Santo Deus! O que era aquilo?

O homem olhou ao redor, assustado, e nada viu além de sombras.

"Corra", sussurrou uma voz em sua mente. "Antes que seja tarde demais."

Ele esquadrinhou a escuridão do bosque. Os ruídos da mata, tão comuns e conhecidos, silenciaram inesperadamente.

– Quem está aí? – ele perguntou, sentindo a voz falhar.

O silêncio. O vento. E algo mais.

O homem sentiu o medo invadir seu corpo.

Era jovem. Podia lutar. Podia correr.

No entanto... nada fez.

Notou a presença mais perto dele. Tão próxima a ponto de sentir o odor que dela exalava. Era inumano.

"Você vai morrer" –, sibilou sua mente, lógica e cruel.

Estava perdido.

Não houve tempo de voltar-se para ver o horror. Sentiu-o em suas entranhas.

A última experiência. A única. Ou já morrera antes?

O chão banhou-se de sangue e dor. Como uma sombra que passa, a vida se foi.

Apagaram-se as luzes das estrelas, extinguiu-se o brilho do luar.

Ouviu-se o uivo do caçador.

— Você chegou tarde ontem — a voz de sua mãe o trouxe de volta à realidade.

Ela era o tipo de mãe zelosa, presente e controladora. Não cuidava de si mesma com o mesmo empenho.

— Como vai a história?

— Bem... Quer dizer... Estou tentando deixá-la melhor.

— Não se esforce tanto, querido. Não vale a pena.

— O que quer dizer com isso, mãe?

Ela o olhou demoradamente, como se sondasse sua alma.

— Que não vale a pena viver assim, renunciando a tudo que é importante. Você deve...

— Mãe, me deixe em paz! Preciso escrever para viver, compreende? Viver para escrever!

Ela virou-se para não o provocar.

— Você é um tolo romântico — disse, por fim, depois de pegar a bolsa. — Adeus, querido. Vejo você amanhã.

Ele serviu-se de café quente e voltou a escrever.

A fera corre para dentro da floresta, escondendo-se entre árvores mais frondosas. Devora o coração jovem e quente. Está alimentada e aquecida agora. Deita-se no ninho de folhas, aquele que tem sido o seu lugar habitual de descanso. Adormece, minutos depois, banhada pela poderosa luz que a afaga e a fortalece, aquela que é dona de seu destino — a Lua.

Em seu repouso agitado, sonha com um passado que nunca teve, com o amor fiel de uma companheira no calor da união.

Entretanto, seu sono é breve, sua paz é finita. Logo o amanhecer trará a vergonha, o desespero e o medo que a fará fugir e procurar abrigo nos braços da generosa escuridão.

Depois de um tempo, parou de escrever para observar a linda paisagem. O lugar que escolhera para ser seu reduto ficava nas montanhas, a três horas da cidade. Era um chalé, uma pequena casa de madeira perdida no vale dos eucaliptos, presa de seu inconfundível perfume. Durante o dia, soprava na varanda uma brisa insistente, fazendo com que as folhas de rascunho deixadas sobre a mesa esvoaçassem. Contudo, também era um escritor obstinado. Herdara esse traço de caráter de seu pai. Enfrentaria o eterno desafio de escrever ali mesmo, onde soprasse o vento e a vista fosse soberba.

Gostava de ver a neblina da manhã dissipando-se pelo bosque e de respirar o ar puro das montanhas, olhar a chuva miúda que umedecia a terra pintando o cenário de variados tons de verde claro-escuro. Deixava-se ficar entretido por horas, escrevendo histórias, costurando ideias em meio à quietude e paz, até o Sol se esconder no horizonte e a penumbra invadir o vale tornando-o um lugar sombrio e assustador.

Como no exato momento. Silencioso, sombrio e assustador.

Nada era mais assustador que a solidão – dizia a voz dentro da fera. A solidão que aprendera a conhecer e a respeitar havia muito tempo. A silenciosa dama de companhia durante sua juventude. A presença gelada no ninho vazio. O vulto a lhe fazer sombra imensa. Apenas ali, no silêncio da floresta, podia reconciliar-se consigo mesma.

Antes que adormecesse, porém, captou um sutil ruído no ambiente. Perscrutou a escuridão ao redor. Algo a espreitava além das árvores do vale, talvez na encosta da montanha. Sentia a presença pelo cheiro que vinha com o vento e inundava seu cérebro de mensagens e informações.

Era um jovem macho – seus sentidos a alertavam. Cedo ou tarde iriam se encontrar, e teria que disputar com ele o domínio daquele território. Ao vencedor, o comando. Não era essa a lei que regia a vida de todas as criaturas na natureza?

Ao longe, uma luz se acendeu, sinalizando aconchego, calor e intimidade. Tudo que a fera ansiava e não tinha.

Os sentimentos da personagem o fizeram ponderar sobre suas escolhas. Se pudesse, viveria todo o tempo ali, no chalé da floresta. O ritmo da cidade o angustiava, tornava-o um ser abatido e fraco em meio a tantos odores sufocantes, ruídos e luzes desnecessárias à paz de espírito. Era um escritor, não podia criar em meio à vida pulsante. Impossível! Precisava de um quarto escuro, de um retiro, um maldito casulo onde pudesse tecer sonhos, os fios da trama, feito aranha no fazer da teia. Era impelido a transformar em histórias o que sua mente amedrontada produzia.

No entanto, estava prestes a desistir da luta. Nem no silêncio encontrava paz, os maus sonhos o perseguiam onde quer que estivesse. Eram apenas aflições? Por que tanta violência e dor? – perguntava-se. Em seu íntimo, duvidava que fossem somente fantasias, inspirações para suas histórias. Pareciam lembranças sombrias de certos fatos, como se ele mesmo os tivesse presenciado... *ou vivido.*

Com pesar na alma, recomeçou a escrever.

Uma vez desperto, o monstro conservava certa estranheza interior, algo inacabado que o intrigava e que não compreendia bem. Vagava atordoado em busca de referências. Sua memória imprecisa recordava-se de fragmentos, ou seriam alucinações, pois a maldição que o subjugava o fazia esquecer-se de sua real condição.

Geralmente trazia sangue nas roupas rasgadas, trapos sobre a pele, unhas sujas de terra e sangue, corpo dolorido, como se tivesse andado por toda a noite. Ou fugido? De quê?

Sabia que cães não gostavam dele, sempre que os encontrava havia tensão no ar. Lembrava-se de lugares, mas não de nomes, de pessoas e de seus cheiros... De uma garotinha de cabelos claros, de um acampamento repleto de crianças... Lembrava-se de gritos, muitos gritos. Crianças não gritavam sempre?

Olhou a estrada deserta que serpenteava à direita do bosque. Farejou o ar em busca de odores, de informações. Escolheu seguir contornando o lago. Precisava se lavar.

Meu Deus, e todo aquele sangue?

Ele tinha hábitos exóticos, dormir ao ar livre, alimentar-se de madrugada... Gostava de saborear a consistência e a temperatura dos alimentos na quietude do mundo, livre de distrações. Queria viver longe das convenções que comandavam a vida de todos. Era de natureza livre e selvagem, noturno e apaixonado.

No entanto, havia uma fenda escura em sua alma, algo que o mantinha cativo, preso, subjugado. Essa verdade que buscava teimava em se esconder, mais e mais, sempre que ele se lançava em suas profundezas. Por mais que tentasse, nunca a tocava, jamais a alcançava. Era uma agonia terrível!

Sua suspeita secreta era a de que sofria de algum tipo de doença, um distúrbio emocional. Por que motivo, então, sua mãe sempre lhe dera remédios desde criança? *Vitaminas* – ela dizia, com um meio sorriso. – *Farão você se sentir melhor.*

Mentiras. Ele sentia que não tinha nas mãos o controle da própria vida.

– Querido, você está aí? – a voz de sua mãe na porta de entrada o fez estremecer.

– Estou aqui, mãe. Na varanda.

– Não acredito que ficou trabalhando a noite toda! – ela disse, alarmada.

– E daí? – ele retrucou, espreguiçando o corpo.

– Alimentou-se, pelo menos? – ela perguntou já a seu lado.

– Comi alguma coisa sangrenta...

Ela estacou, lívida.

– O que disse?

– O que você deixou no micro-ondas, mãe.

Ela relaxou.

– Macarrão ao sugo é um ótimo prato para dar energia.

– Mas se parece com vísceras ao molho de sang...

– Pare com isso! – ela não disfarçou a irritação. – Não misture fantasia com realidade, é um perigo.

Ele a olhou, surpreso.

– Vou descansar. Jogamos até tarde ontem, agora quero cama. Por que não dorme um pouco também?

– Preciso terminar o livro.

– Quer que eu o leia pra você?

– Ainda não – ele respondeu, hesitante. – Tenho que rever uns detalhes...

– Como quiser, querido. Adoro suas histórias, sabe disso. Tenho um forte pressentimento de que essa será especial. – E recomendou: – Não se esqueça de tomar o remédio. Deixei o copo ali, sobre a mesa.

Ele sorriu, relutante.

O que ela não percebeu ao caminhar pelo assoalho, altiva e dona de si, foram os rastros que seus sapatos deixaram no piso de madeira.

Mas isso não escapou ao olhar atento do filho escritor.

A lua cheia e bela exerce sobre a fera um domínio avassalador. Não havia atração mais irresistível. Deixava-a atordoada, interferia em sua vontade própria, intensificava suas necessidades mais instintivas. Sentia-se submetida a um encantamento que a reduzia a uma marionete ao comando de uma senhora voluntariosa, propensa a extravagâncias.

A lua... ela governava suas emoções. Ordenava a explorar a floresta. Farejar. Emboscar. Atacar. Era a responsável por provocar o que havia de mais assustador em sua natureza selvagem. O luar... Entretanto, naquela noite, não foi essa a luz que despertou seu instinto. Foi a que brilhava no meio da mata, de modo tênue e constante. Partiu em seu encalço, muitos metros à frente.

Aproximou-se com cautela, pisando leve e com cuidado para evitar os galhos secos. Espreitava de modo paciente, como séculos de tradição a ensinaram a fazer.

O chalé erguia-se na encosta da montanha, e havia uma varanda na parte que dava vista para o bosque. Farejou alguém ali. Odor de macho, conhecido. Já sentira seu cheiro em meio ao vento. Havia outros na casa? Não podia saber com certeza. Ocultou-se atrás de uma árvore alta, apoiando as garras afiadas no tronco grosso. O jovem macho estava sozinho na casa. Podia vê-lo, agora.

Tão frágil quanto uma presa pode ser.

Então, decidiu-se pelo confronto.

Parou de escrever, subitamente. Seu peito fervilhava de emoção. Ele aguardou a mãe ir para o quarto e passou o guardanapo sobre as manchas no piso. O branco do papel tingiu-se de vermelho profundo. Parecia sangue. O mesmo cheiro acre, inconfundível, que sentia em seu corpo depois de acordar apavorado na escuridão.

Um sentimento de urgência o dominou. Por que sua mãe trazia sangue nos sapatos? Por onde havia andado? O que havia acontecido naquela noite, realmente?

Talvez estivesse vivendo um conto de horror, como aquele que escrevia. Chocado, apoiou-se na mesa, derrubando o copo com o remédio sobre o tampo. O pequeno acidente revelou um resto de pó azulado, ao fundo, ainda não diluído.

Ele espantou-se. Aquela não era a cor de seu remédio habitual. Por que sua mãe havia trocado de medicação sem avisá-lo? Teria sido aconselhada por alguém?

A antiga suspeita o invadiu. Havia muitas coisas sobre sua mãe que ele desconhecia. Ela o havia cercado de carinhos desde criança, era certo. E desde que as ausências haviam começado, ela o levara ao médico que lhe receitara aquelas pílulas. Tomava-as havia anos, diariamente, desde a adolescência.

Ela nunca conversara francamente sobre seu problema de lapsos de memória, ou sobre ficar apagado por um tempo e não ter nenhuma lembrança do que acontecera nas horas anteriores.

E por que não? – ele se perguntava, desconfiado, enquanto escrevia.

Pelo menos, ele se tornara um escritor mais criativo, dedicando-se ao ofício de redigir contos de medo. O médico afirmara que essa prática só lhe traria bem-estar, pois escrevendo contos poderia relatar seus piores pesadelos.

Agora, tudo estava registrado em seu diário, que ele mantinha guardado em segredo.

Procurou se concentrar no texto para finalizar a história.

A fera trazia fome e fúria em suas entranhas. Era-lhe imperioso lutar para defender seus domínios. Contornou a varanda até a janela, onde podia divisar o aposento. Arreganhou os dentes, num rosnado baixo, e a saliva borbulhante de sua boca caiu silenciosa no piso, quase dois metros abaixo.

Subitamente, o jovem captou um ruído na varanda. Pisadas. Não pareciam humanas. Isso bastou para que o pusesse em alerta.

Sentiu um rançoso odor animalesco invadir a sala. Era apenas um pressentimento, mas confiava em seus pressenti-

mentos. Temia o que estava para acontecer. Sua história não era apenas uma ficção.

Um princípio de pânico invadiu-o. Pensou em gritar, mas tudo o que pôde ouvir foi sua própria voz, transformada em um urro terrível.

Uma espécie de formigamento tomou conta de seu corpo, que agora transpirava com a abrupta elevação da temperatura. Sentia como se a vida estivesse fugindo de seu corpo e outra força dominante o tomasse de assalto.

Ele se concentrou no ambiente à sua volta. Sua percepção tornara-se extremamente clara e nítida. Sua audição era ilimitada. Podia ver com nitidez, percebia aromas e cheiros e o mais importante: sentia-se forte e poderoso, como nunca fora... *em outra vida.*

Então, a verdade revelou-se, e ele soube quem de fato era.

O jovem macho humano havia se transformado em fera, afinal! O corpo musculoso arrastava-se pela sala, num andar trôpego e desajeitado, mas seu adversário pôde prever que ele seria ágil o bastante para saltar e arrancar sua cabeça com apenas uma patada.

As presas eram pontiagudas como as suas, talvez mais eficientes para dilacerar e retalhar as vítimas. Não havia como saber. Precisava descobrir, lutando.

No momento em que o criador e a criatura se encontraram, ouviu-se o estampido da arma que, pronta, aguardava, silenciosa, no vão escuro da escada.

A bala de prata cumpriu seu destino, afinal, envenenando o sangue amaldiçoado, aquele que lhe fora transmitido por sua mãe.

O tiro certeiro atingiu-o no coração, matando os dois seres que habitavam o mesmo corpo. Homem-fera, besta e criatura. Ambos estavam mortos.

Bastava de crimes hediondos e cenas horrendas. A comunidade dos lobos necessitava sobreviver sem alarde. Precisavam viver em paz, sem ataques descontrolados.

Arrombaram a gaveta, destruíram seu diário, as provas de seu delírio. Juntaram seus escritos em uma pasta e a levaram, junto com o *laptop*.

Aquela obra chegara ao fim.

A história de seu povo, talvez não.

Flávia Muniz

Marrom terra

Fábio estava curioso. Duvidava que o site fosse mesmo confiável. Como podia acreditar que aquele, especialmente bizarro, estivesse na lista dos mais seguros? Voltava pra casa, pensativo, naquela fria tarde de junho, com o vento arrepiando seu corpo adolescente acostumado aos trajetos diários de ida e volta da escola.

Enquanto caminhava, relembrou os passos que dera rumo ao desconhecido. Aliás, a madrugada anterior fora bem diferente de todas as outras. Ficou perambulando pela casa, sem sono, indo do quarto à geladeira e da geladeira ao quarto, feito um zumbi faminto, até a meia-noite chegar. De repente, sentiu uma vontade súbita de navegar na internet.

Baixou um novo jogo, olhou o preço de bikes turbinadas e conferiu alguns vídeos. Em seguida, decidiu fazer o que mais gostava: pesquisar bizarrices e coisas estranhas na web. Foi assim que descobriu o misterioso site *Natureza morta* nas horas tardias daquela sexta-feira 13.

Entrou para conhecer. A desconfiança inicial deu lugar a um autêntico interesse quando percebeu que ali podia haver mais mistério e aventura do que imaginava. A coisa toda parecia roteiro de filme de terror, e ele, o cara perfeito para o papel de coadjuvante.

O site tinha uma atmosfera sombria e um fundo musical de arrepiar a alma. O conteúdo surgia em meio à neblina virtual, que invadia a tela a cada vez que era dado um novo clique. Depois de algum tempo, a sensação era a de que havia alguém presente e oculto... *do outro lado*, avaliando-o como visitante, estudando suas reações, sondando os íntimos motivos que o haviam atraído até ali. *Sinistro*.

Além de histórias macabras, oferecia artigos para venda, como centenas de outros sites. A diferença estava na natureza dos produtos. Pareciam ser do outro mundo – *se fossem verdadeiros, é claro* –, pensou, zombeteiro.

A lista de itens do além era imensa! Havia de tudo para fazer feliz qualquer maluco de plantão: um par de sapatos que pertencera a um assassino serial, a chave de um mosteiro amaldiçoado, a mala em que um maníaco guardara os restos mortais de suas vítimas, a tiara de uma menina fantasma, a palheta de uma guitarra infernal, um crânio deformado, um amuleto feito com sangue de vampiro, um antigo manuscrito para acordar os mortos... *Loucura!*

Antes de sair do site, Fábio notou a seção de receitas bizarras em oferta. O que poderia encontrar ali? Algo infernal? – ponderou. Não custava nada dar uma conferida.

Após pesquisar a seção inteira, descobriu que era possível comprar homúnculos! Fábio não era estudioso do assunto, mas havia lido o suficiente para saber o que aquilo significava: poderia ter uma criatura sobrenatural como escrava!

O kit consistia na estrutura básica, berço, receita para dar vida a ele e informações técnicas sobre modelo, tamanho, nível de obediência. O manual trazia a descrição geral e a senha de contato no idioma hominis.

Considerou a oportunidade única. Espantosa. Irreal. E se pudesse ter o homúnculo para pedir-lhe coisas banais, como arrumar o quarto, limpar os tênis? Por que não? Riu da própria zoeira. Pagaria para ver? Sim? Não? Talvez?

O aviso luminoso surgiu na tela, de modo inesperado, pondo fim à sua dúvida: o site sairia do ar em minutos, exatamente às três da manhã, para voltar somente na próxima sexta 13 – que, após conferir no calendário, viu que seria dali a sete meses! Precisava ser rápido na escolha. O que poderia dar errado, afinal? Arrepender-se da compra? Simplesmente não pagaria. Quem não paga não recebe, essa é a regra!

Com isso em mente, leu as informações na tela de modo bem apressado: frete gratuito (*claro!*), garantia estendida (*não!*), prazo de entrega do pedido (*três noites úteis... Boa!*) e, então... tipo e modelo dos kits. Aí, Fábio hesitou. *Qual escolher?* Clicou em "ir para a página do produto".

Havia várias categorias, com preços diversos: homúnculos da montanha, da floresta, do deserto e do pântano. Grandes, médios e pequenos. Com níveis de inteligência diferentes: nenhum, baixo, mediano e alto. Com temperamento amigável, hostil, guerreiro, protetor... Nível de poderes: 5, 3, 1. O que seria isso? Não havia informações adicionais na tela. Nunca ouvira falar de homúnculos desse tipo. Eram seres especialmente criados para servir, obedecer e morrer. Seus livros também não diziam nada a respeito. Talvez fossem novidade do fornecedor. Ficou em dúvida. Cinco era demais, um era pouco... três lhe pareceu a medida ideal.

Clicou rapidamente em suas opções de compra (restavam ainda três minutos para o site zerar!), preencheu o endereço de casa, colocou seu nome, mas não indicou o telefone fixo nem o celular. Escolheu boleto como forma de pagamento, conferiu os dados e clicou em "finalizar a compra".

A página girou na tela como se fosse água sugada pelo ralo. Tudo escureceu. Segundos depois, surgiu no monitor o número de confirmação e a frase, em letras luminosas, "clique e imprima seu boleto". Feito isso, Fábio foi contar a grana da mesada. Vinha economizando para emergências como aquela. Colocou as notas de cinquenta na mochila e sorriu. No dia seguinte passaria no banco para pagar o valor combinado.

Deitou-se e adormeceu, satisfeito, um sono tranquilo, sem nenhum pesadelo.

Duas noites após o pagamento, recebeu uma estranha chamada pelo celular. Alguém não identificado perguntou com voz fúnebre:

– Senhor Fábio Elias?

– S-sim. Quem é?

– Sua encomenda será entregue no prazo, no endereço informado em nosso site. – E desligou secamente.

Mas ele não indicara o número de telefone no cadastro

do site! Ficou pasmo, ponderando se aquilo podia ser resultado de magia, bruxaria ou obra do pessoal do marketing, que atazanava os clientes. Era disso, então, que sua mãe reclamava...

Na terceira noite, o entregador parou a moto diante da casa. Tocou a campainha apenas uma vez. Vestia-se de preto. Fábio o atendeu, assinou o canhoto da nota e ficou reparando no capacete escuro do cara, com o nome do site escrito em letras brancas. Acompanhou-o com o olhar até a moto desaparecer na esquina.

O pacote, embrulhado em papel pardo, era do tamanho de uma caixa de boneca e mais leve do que ele esperava. Subiu a escada, apressado, e trancou-se no quarto. Seus pais chegavam por volta das nove da noite, tinha tempo de sobra para criar seu homúnculo protetor.

Colocou tudo sobre a cama depois de rasgar o papel com cuidado. Acomodado em um berço de papelão, havia uma forma humanoide estranha com quarenta centímetros de altura. Seu corpo era formado por barro e raízes compactadas. Era extremamente leve, oco e poroso, e ao examiná-lo de perto, sob a luz do abajur, pôde ver uma trama de pequenas ramas escuras a espalhar-se pelo corpo descarnado do boneco, feito um sistema de veias e artérias exposto ao olhar. Impressionante! O manual dizia haver uma fenda, localizada no peito, por onde devia ser despejado o elixir secreto.

Fábio engoliu em seco. Parecia sério. Será que por dentro do boneco havia uma espécie de célula de sobrevivência que reagia de modo sobrenatural para lhe dar vida? Revirando a embalagem, encontrou dois pequenos frascos e instruções para misturar os líquidos... *e o pior!* Havia a orientação de juntar três gotas do próprio sangue a esses fluidos, para estabelecer a ligação mística entre o dono e a criatura.

Receoso, pensou logo em desistir. Não podia ver sangue sem ficar enjoado! Como iria fazer, então? *Um alfinete!* – lembrou-se, satisfeito. Precisava apenas desinfetar a ponta com álcool e com ela espetar o dedo. Era isso. Remexeu na caixa de costura da mãe e voltou, triunfante.

De acordo com as instruções, também precisava escolher um local escuro e protegido para colocar o berço da criatura. *Seu guarda-roupa!* Havia uma parte, mais ao fundo, onde podia acomodá-lo facilmente. Mudou os tênis para a prateleira de cima, afastou os cabides e deixou tudo no jeito.

Os frascos continham líquidos de cores diferentes. Não havia rótulos, identificação nem prazo de validade. Fábio colocou o homúnculo sobre a cama e leu as orientações no manual. Estava nervoso. Realidade ou fantasia, era estranho viver aquela emoção, imaginar-se dono e senhor de alguém, para variar. Ser obedecido, no lugar de obedecer. Mandar, em vez de pedir. Ter seus desejos atendidos, em vez de esperar a vontade dos outros no que quer que fosse...

Era chegada a hora de bancar o deus.

Fábio juntou o líquido dos frascos em um tubo plástico que veio com o material. Picou o dedo com o alfinete e viu o sangue escorrer pela borda, tingindo de vermelho o fluido viscoso. Despejou com cuidado o conteúdo pela fenda no peito do boneco, enquanto dizia o encantamento para dar vida a seu servo do além.

– *MASTRUM ET LEVERA HOMINIS* – repetiu.

Curiosamente, o líquido não vazou pelo outro lado. Espalhou-se pelo corpo da criatura preenchendo os pequenos espaços entre as fibras ressecadas, retendo ali toda a umidade.

Em segundos, um vapor esverdeado começou a exalar do boneco e o odor de mata molhada invadiu o quarto. Fábio tossiu e esperou o efeito especial acabar.

Em seguida, ajeitou o boneco no berço de papelão e guardou-o com cuidado dentro do armário. Fechou a porta, passou a chave e colocou-a no bolso da calça. Estava feito.

Agora era esperar.

Nem jantou direito. Após a sobremesa, despediu-se dos pais dizendo que estava cansado, com sono. E não era mentira. Caiu na cama sem escovar os dentes e apagou.

Dentro do armário, a criatura já iniciara sua misteriosa revitalização. Precisava de um lugar quente, escuro e silencioso, e ali era ideal.

Depois de algumas horas, seu corpo preenchera-se por completo, tornara-se liso, sem pelos ou cabelos. A pele, marrom e resistente, recobria-o por inteiro. Iria dobrar de tamanho em poucas horas e, em duas noites, já poderia camuflar-se no ambiente. Em seu íntimo, acentuava-se a principal motivação de sua espécie, aquela pela qual era feito, criado e mandado: capturar, estraçalhar e matar!

Fábio acordou com sede durante a madrugada e viu a porta do guarda-roupa escancarada. Sentiu um calafrio percorrer seu corpo. "Onde estaria o homúnculo?" O copo com água, agora vazio, estava caído no chão. "Ficara com sede?", pensou. No manual não havia nenhuma informação sobre alimentos.

A casa, embora estivesse silenciosa, delatava a estranha presença. Fábio se levantou e pegou a lanterna no criado-mudo. Não queria estar no escuro com aquela coisa que ainda nem conhecia muito bem. Desceu a escada, sentindo um cheiro acre no ar, cada vez mais forte.

De repente, no canto da sala, viu algo correr para debaixo da mesa. Fábio, mais que depressa disse a senha, em idioma hominis, para vincular-se à criatura:

– MASTRUM–MASTRUM–BRAVOLOS–MASTRUM!

Após alguns segundos ela revelou-se, indo até ele, de modo relutante. Olharam-se com espanto. Havia mudado muito em poucas horas. Tinha crescido. Seus braços e pernas eram robustos, e nas mãos, havia garras ameaçadoras. O corpo era troncudo, impunha respeito. Que tipo de homúnculo era aquele? – perguntou-se, admirado.

Fábio congelou ao perceber. Um *homúnculus guerreirus!* Sabia que eram excelentes sentinelas. Não dormiam nunca, não demonstravam emoção, mas podiam ser muito agressivos quando tinham... *fome.* Costumavam ser usados para realizar vinganças.

Aquela não era sua encomenda. Haviam errado a entrega! O que faria agora? Nem podia devolvê-lo! Aturdido, lembrou-se que a criatura podia atender a três desejos. Sem saber o que fazer, levou-a para o quintal, antes que seus pais a vissem.

Após abrir a porta dos fundos e sair para o quintal, ouviu um ruído estranho, onde a luz do poste da rua não alcançava. O homúnculo virou-se naquela direção e deu dois passos à frente. Soltou um silvo baixo e fixou o olhar em algum ponto do muro à esquerda. Fábio recuou. Era madrugada, havia saído da cama e seus pais nem sabiam. Seria um ladrão? Teria pulado o muro e ficado à espreita para agir?

Ousadamente, teve a ideia de fazer seu primeiro desejo.

– *MASTRUM! ATACAR INIMIGO!*

O homúnculo disparou à frente, numa rapidez sobrenatural. E, talvez porque estivesse com fome de recém-nascido ou porque já fosse por natureza feroz e agressivo, ele capturou, dilacerou e matou para obedecer a seu dono.

Assustado, Fábio correu para a criatura, temendo pelo pior desfecho. Ao compreender o que tinha acontecido, quase desmaiou: o gato da vizinha estava estraçalhado.

Em pânico, começou a tremer. Do outro lado da rua, alguém acendera a luz e agora espiava pela janela. O menino abaixou-se junto ao muro e, sem querer, apoiou as mãos nas vísceras sangrentas do bichano. *No que sobrara dele.* O odor fétido o enojou.

– Seu idiota! – sussurrou com raiva. – Ele era uma ameaça?

Tinha de pensar rapidamente em como consertar as coisas. Os *homúnculos guerreiros* eram um tipo bem violento... e burro! Percebeu que não tinha outra escolha. Era preciso usar o segundo desejo.

– *MASTRUM! ANULAR MEU PRIMEIRO DESEJO!*

Como em um *replay* maldito, viu-se novamente abrindo a porta dos fundos, saindo com a criatura para o quintal, ouvindo o ruído inesperado. Antes que o homúnculo desse um passo, Fábio disse:

– Sinto muito, amigo. Aqui não é seu lugar.

E fez o terceiro pedido:

– *MASTRUM! MORRER AGORA!*

Ouviu-se um estalido seco, como ossos quebrando-se. O corpo da criatura partiu-se em dois, curvou-se para a frente e caiu. Seus músculos dissolveram-se em gosma que se espalhou no chão numa poça nojenta. Do valente *homúnculus* restou apenas poeira luminosa, que sumiu com o vento da madrugada.

Fábio suspirou, convencido de que tinha agido corretamente, apesar do azar. Voltou para casa disposto a esquecer toda a encrenca. Apanhou um refri gelado para acalmar a adrenalina no corpo.

Entrou no quarto, sem fazer barulho, e sentou-se diante do monitor.

– Três da manhã, ainda?

Flávia Muniz é pedagoga, escritora e editora, com mais de sessenta obras publicadas para jovens e crianças. Algumas delas foram traduzidas para o espanhol, indicadas ao Jabuti e receberam prêmios, além de indicações da crítica especializada. É autora de *Os Noturnos, romance vampiresco*, *Viajantes do infinito* (ganhador do APCA como Melhor Livro Juvenil em 1991), *Fantasmagorias* e *Os Vampirados*, entre outros. É fã de cinema, teatro e leitora de livros de ficção, horror e fantasia. Adora bibliotecas, sebos e estantes repletas de histórias.

Sua ligação com a temática de suspense é coisa dos tempos de criança, da vivência com a família contadora de histórias e causos de assombrações, de leitora ávida de HQs, livros e séries deste gênero na TV.

Acredita que a boa história de suspense é a mais desafiadora para estruturar, pois deve reunir elementos eficazes para vencer a incredulidade do leitor. Essa ideia a faz perseguir a forma mais eficaz na construção do texto de horror. Gosta de gatos e é fã de bruxas. Site oficial, Casa na Floresta: www.flaviamuniz.com.

© Egidio Toda

Manuel Filho

O bilhete da bruxa

— Acorda, chegamos – disse Felipe para a prima Cíntia, que dormia no banco de trás do carro.

— Achei que você tinha morrido – falou Débora, sua outra prima.

— Mortos não roncam! – riu Felipe.

— Ronco nada – reclamou Cíntia, espreguiçando-se.

Cíntia adorava os seus primos gêmeos, apenas lamentava que não fossem idênticos. Sempre admirou aqueles que se vestem até com as mesmas roupas. Ela própria gostaria de ter um irmão, mas era filha única. Felipe pediu que ela descesse do carro e abrisse o portão para que entrassem no velho sítio.

Para eles, aquele lugar era uma maravilha. Cresceram ali e só paravam de brincar quando tinham que ir dormir. Aquela era a primeira vez que iam sozinhos.

Cíntia abriu a passagem, não sem que antes escorregasse um pouco, pois havia chovido e muita lama se formara.

O carro passou e, assim que isso aconteceu, a garota não conseguiu fechar o portão, pois as rodas acumularam lama pelos cantos criando uma barreira. Percebeu que não poderia empurrar sozinha e resolveu deixá-lo daquele jeito mesmo. Antes de cruzá-lo, disse em voz alta:

— Com licença, vou entrar.

Seus primos não a esperaram e arrancaram com o carro. A distância até a casa não era grande e ela foi olhando ao redor para ver o que tinha mudado: algumas árvores cresceram e o mato precisava ser cortado.

Geladeira e TV ligadas, celulares verificados, janelas abertas, pronto, agora era só relaxar. Era gostoso observar os objetos da sala, tudo formado por lembranças de viagem. O que mais se destacava era um soldado medieval, de cerca de um metro, que segurava uma longa lança; Débora o achava lindo. No sítio, além da piscina, existia a possibilidade de fazer uma caminhada para se tomar banho numa cachoeira próxima.

— Vocês se lembraram da maldição da bruxa? — perguntou Cíntia.

— Você ainda acredita nisso? – riu Felipe. – Os adultos contavam essa história só para assustar a gente. Você realmente acha que queimaram uma bruxa aqui no nosso quintal?

— Por que você pensa que é mentira? – perguntou Cíntia. – Uma vez falaram para o meu pai, lá no mercadinho da cidade, como é que ele tinha coragem de vir pra cá.

— Invenção do povo – comentou Débora. – Isso não existe.

Cíntia não conseguia tirar aquela história da cabeça. Todos os anos, acendiam uma fogueira no quintal e seu pai contava a história da bruxa que fora queimada ali, nos fundos do sítio. Ele até chegou a procurar documentos antigos, e os padres confirmaram aquela ocorrência de muito tempo antes. No passado, o povo acreditava que elas tentavam prejudicar as pessoas e as colheitas, e para ser considerado bruxa ou feiticeiro bastava ser um pouquinho diferente, como tomar banho em dias específicos ou andar à noite sozinho pela floresta.

E, naquela época, havia dois suspeitos, que namoravam e se encontravam às escondidas: uma viúva, que vivia sozinha no meio da mata, e um homem que não gostava de ir à missa. Na região, espalhou-se que a seca e os incêndios só terminariam quando matassem a bruxa que os estava provocando. O casal passou a ser vigiado. Ele era muito mais fácil de ser localizado, pois morava na cidade.

Então, certo dia, alguns trovões prometiam uma forte chuva. O homem havia combinado de se encontrar com sua amada e saiu de sua casa no início da noite. Entrou na floresta sem perceber que era seguido. De repente, um raio atingiu uma árvore próxima e ele acabou desmaiando com o impacto. Quando despertou, estava amarrado em uma sala iluminada por velas. Foi torturado para que revelasse os feitiços que tinham sido feitos. Em um momento ele pediu socorro gritando por sua namorada. Os torturadores julgaram que ele estava clamando pela bruxa.

Esgotado e sangrando, acabou concordando em escrever um bilhete para sua namorada marcando outro encontro. Os torturadores se convenceram de que ele poderia ser inocente, estaria apenas enfeitiçado, pois colaborou com eles. O bilhete foi deixado na casa da mulher, que achou estranho quando o viu, porém, reconheceu a letra de seu amado e pensou que ele estivesse lhe preparando uma surpresa. Ficou contente, pois lamentou quando ele não compareceu ao encontro anterior; imaginou que a pesada chuva o impedira.

Na tarde seguinte, foi para o caminho da cachoeira, conforme pedido. Era um pouco distante, mas ambos já tinham ido algumas vezes até lá para se refrescar. Quando chegou, notou que havia algumas pedras diferentes, parecia que criavam um desenho. Ela se afastou para observar melhor, e, de repente, vários homens surgiram, cercando-a.

– Vejam, ela é mesmo uma bruxa. Está se afastando da cruz.

A mulher não entendeu o que acontecia, mas, quando olhou para o chão novamente, viu que as pedras formavam uma cruz dentro de um círculo. Imediatamente foi amordaçada e teve início seu breve julgamento. Trouxeram seu amado e ele foi forçado a reconhecê-la. Um dos homens anunciou:

– Está provado que essa é a forma humana da bruxa. Temos que queimá-la e logo.

Amarraram-na em um tronco cercado por pedaços de madeira e galhos. Atearam fogo e assistiram enquanto as chamas consumiam a mulher, que gritava desesperadamente. Consideraram que ela rogava maldições.

Algum tempo depois, o namorado, destroçado pela culpa, se matou. A população ficou satisfeita. Porém, a seca e os infortúnios não cessaram. Julgaram que foi em razão das pragas da bruxa. Lamentavam que não tivessem cortado sua língua, antes de atirá-la à fogueira. Criou-se a lenda de que o solo onde ela fora queimada estava amaldiçoado, que se alguém pisasse ali, seria morto. O tempo foi passando e qualquer coisa estranha que acontecesse no local era atribuída à bruxa. Todos faziam uma prece antes de entrar naquele território que, com o tempo, se transformou em um pedido de licença. Quem não pedia permissão, recebia um bilhete, exatamente como aconteceu com a bruxa, e nele estava escrito como a pessoa iria morrer.

— Temos sempre de pedir licença para a bruxa! – insistiu Cíntia. – Eu pedi. Vai me dizer que vocês esqueceram?

— Licença? – resmungou Felipe. – O sítio é nosso. Nossa família sempre veio pra cá e nada de ruim aconteceu.

— Vai ver que alguém fazia isso pela família toda – afirmou Cíntia. – Aposto que era minha mãe ou a sua.

— Tá bom! – riu Débora. – Dona Bruxa, por favor, deixa a gente ficar no nosso sítio.

— Agora não adianta mais – falou Cíntia. – Tinha que fazer ANTES de entrar.

— Tá vendo como você é egoísta? Deveria ter pedido para a gente também. Se alguma coisa acontecer, a culpa vai ser sua – riu Felipe. – Tô com fome. Vou assar uma pizza!

— Deixei o carregador do meu celular no carro, vem comigo prima – ironizou Débora. – Está escuro e tenho medo da bruxa!

Felipe foi ao banheiro e Cíntia não se sentiu tranquila com aquelas gozações, mas resolveu esquecer para não passar por criancinha. Quando o garoto retornou à sala, a encontrou vazia. Então, escutou alguém bater à porta dos fundos.

— Está aberta – gritou ele.

Mas o som persistiu. Felipe, impaciente, abriu a porta de supetão. Diante dele, surgiu uma mulher de cabelos compridos, desgrenhados. Usava um vestido amarrotado. Ele riu.

— Meninas, não vou cair nessa!

A estranha apenas abriu a mão e Felipe viu dois bilhetes. Ele achou engraçado e os pegou, batendo a porta em seguida. Nesse exato momento, ouviu as garotas chegando pela entrada principal. Achou curioso que elas tivessem dado a volta tão rapidamente.

— Como vocês conseguiram fazer isso? – espantou-se ele.

— Fazer o quê? – perguntou Cíntia.

Ele contou o que tinha acabado de acontecer e sua irmã mandou que ele parasse de assustar a prima.

— Estou dizendo a verdade. Olha os bilhetes aqui, e com o meu nome e o seu.

— Essa letra não é minha – disse Débora após uma rápida análise. – E nem dela.

— Tá bom... Vou ler logo o meu. – Antes que Cíntia pudesse reclamar, ele abriu o bilhete: – "Diga adeus à sua vida, pois de um raio será a sua última ferida". Nossa, não está nem chovendo, de onde vai vir o tal do raio?

— Pelo que eu lembro, a pessoa morria pouco tempo depois de ler a mensagem – ressaltou Cíntia. – Não estou gostando dessa história...

Em seguida, Débora abriu o dela e leu: "Para a vida, um olho só não basta". Não compreendeu nada.

— Pra você não tem prima – comentou Felipe.

— Você pode parar com essa brincadeira boba. Aposto que inventou esses bilhetes enquanto a gente saiu – reclamou Débora.

— Então tá... – riu ele. – Agora vou colocar a pizza no forno.

Felipe abriu a geladeira e, nesse momento, um pote de *ketchup*, que não estava fechado perfeitamente, caiu em cima dele sujando toda sua calça.

— Não acredito! – reclamou. Quanto mais tentava se limpar, mais aquele molho se espalhava. – Vou ter que me trocar.

O rapaz tirou o tênis e o deixou na cozinha. Caminhou até o quarto e pegou uma roupa limpa na mochila. Achou que seria melhor tomar um banho; a viagem fora longa e já era mesmo hora. Entrou debaixo do chuveiro e sentiu que a água estava fria. Olhou para cima e notou que um dos fios parecia desconectado. Esticou a mão para encaixá-lo. Tentou uma vez, não conseguiu, o chão já estava todo molhado. Apoiou-se na parede, segurou o fio pelo pedaço encapado. Sua mão tremia, procurando o encaixe e, de repente...

— O que foi isso? – assustou-se Cíntia, percebendo que as luzes oscilaram e enfraqueceram.

— Felipe, você está bem? – gritou Débora.

Não veio qualquer resposta. Ambas correram ao banheiro e começaram a bater na porta. Silêncio total.

— Temos que desligar a luz – disse Cíntia indo em direção ao quadro.

Lembrava-se de ter visto seu pai puxar uma chave do local certa vez. Abriu a portinha, encheu-se de coragem e baixou a peça: a casa ficou totalmente escura. Ouvia-se somente a voz de Débora chamando pelo irmão. Cíntia retornou e perguntou:

— Não tem uma outra cópia da chave do banheiro?

— Deve ter, não sei, em alguma gaveta na cozinha... – respondeu Débora.

Cíntia foi procurar, tropeçando em móveis e mochilas derrubando várias coisas pelo caminho. Abriu todas as gavetas e terminou encontrando um molho de chaves. Voltou. Testaram todas e somente a última abriu a porta.

Estava escuro, mas o que se pressentia era desolador. O som da água estava abafado, pois batia no corpo de Felipe, inerte no chão. Sentiam um leve cheiro de carne queimada. Cíntia pegou uma toalha para fechar o registro e se aproximaram do garoto.

— Ele não se mexe, prima, estou com medo – disse Débora.

— Calma, vou acender a luz, vai dar tudo certo – falou Cíntia, saindo do banheiro. – Já volto.

Débora insistia para que o irmão despertasse. No escuro, molhada, estava com medo. Então, de repente, teve a certeza de que ouvira a voz da prima.

— Socorro! Alguém me ajude.

Ficou sem saber o que fazer. Não sentia coragem de deixar o irmão sozinho, mas, ao mesmo tempo, intuiu que precisava socorrer Cíntia.

— Débora, depressa. Aqui na sala, rápido.

A garota apoiou o irmão no chão e levantou-se, tremendo. Continuava escutando o chamado de Cíntia e guiou-se pelo som até a sala. Percebeu que havia um vulto parado.

— Prima! – chamou.

Ao tocar no ombro do vulto, ele se voltou para ela e Débora viu um olho de fogo brilhando em meio a um rosto todo enrugado. Gritou.

Cíntia, escutou o berro assim que conseguiu acionar a iluminação. Disparou para a sala e encontrou a prima caída de bruços. Débora havia tropeçado nas coisas que Cíntia espalhara quando correu pela sala. Ao virar a prima, a garota desesperou-se. A lança do soldado medieval atravessara o olho de Débora e um filete de sangue escorria ininterruptamente.

Seus primos estavam mortos. Ela, molhada, tremendo, chorando, sentia-se incapaz de fazer qualquer coisa. A única ideia que teve foi a de correr, fugir. A bruxa estava por ali e ela ficou com medo, precisava buscar ajuda.

Abriu a porta e resolveu ir para a estrada; talvez encontrasse alguém. Quando chegou ao portão, lembrou-se de que não o havia fechado e lamentou, triste e culpada, por não ter pedido licença por todos. Ao atravessá-lo, sentiu-se mal e desmaiou.

Quando acordou, imaginou que tivesse tido um pesadelo, só isso. Talvez tudo fora uma brincadeira. Porém, ao se perceber deitada no chão, suja e molhada, retornou à realidade. Ergueu-se e viu que a casa estava iluminada. Teve medo; achou que não conseguiria entrar novamente.

Andou pela estrada e não viu ninguém; estava sozinha. Tinha que fazer alguma coisa, quem sabe ainda pudessem ser socorridos. Lembrou-se de seu celular, criou coragem e voltou ao interior da residência para pegá-lo. Aproximou-se dos corpos e constatou que não se tratava mesmo de um pesadelo: estavam realmente mortos. Saiu para o quintal e ligou para seu pai. Após grande esforço, conseguiu contar o acontecido, mas ninguém compreendeu. Pediram que ela se mantivesse calma, mandariam ajuda imediatamente.

Ficou quieta, esperando... Foi então que, de repente, notou um bilhete a seu lado, com seu nome escrito nele.

Empalideceu. Lembrou-se de que havia saído do sítio, caminhado pela estrada e retornado. E, em sua aflição, esquecera-se de pedir licença para entrar novamente.

Estava desesperada, levantou-se e tentou correr de volta para a estrada. O portão estava próximo e permanecia aberto. Haveria de conseguir.

No dia seguinte, seu corpo foi encontrado junto ao portão. Ninguém entendia o que havia acontecido. Além dos outros corpos, localizaram um bilhete na soleira do sítio, com o nome de Cíntia, que dizia:

"Seu esquecimento, nossa vingança. Agora a morte repentina será sua herança!"

Manuel Filho

A vingança da sombra

O sobrenome de Karina sempre rendeu muitas piadas entre os amigos: Karina Sombra. Ela já estava acostumada a ouvir perguntas como: "só isso?", "tem mais alguma coisa?", "você sabe de onde veio?".

Para as duas primeiras, as respostas eram simples: "sim, só isso", e "não, não tem mais nada". A terceira sempre merecia uma explicação extra. Sua família emigrara para o Brasil havia mais de cem anos; vieram da Inglaterra. Quando chegavam os imigrantes, era necessário fazer um cadastro e, muitas vezes, o funcionário responsável não entendia o que era dito e escrevia o que achava correto.

Se tudo tivesse sido feito de forma adequada, o nome de Karina seria, Karina Summer, o que também seria esquisito, pois em português a palavra significa verão.

Costumava ser muito bem-humorada e não se incomodava com as provocações. Porém, de tudo o que escutara, uma história sempre lhe pareceu a mais interessante. Foi Tamires, uma amiga de colégio, que amava o oculto, quem lhe contou.

– O seu sobrenome é muito poderoso – falou Tamires.

– Por quê? – riu Karina. – Você sabe muito bem que não deveria ser este.

– Não importa – afirmou ela. – É ele que você carrega todos os dias da sua vida e precisa tomar muito cuidado, você tem a sombra três vezes... A primeira é a do sobrenome. A segunda é a real, esta que você está vendo agora, à luz do dia, e a outra... – disse ela em tom de suspense. – É a que aparece em noite de lua cheia.

– A única coisa assustadora que aparece em noite de lua cheia é lobisomem – brincou Karina.

– Sim, está certo – completou ela. – Eles aparecem sim, mas, repare bem, eles não possuem sombra.

– Como você sabe disso?

– Porque fui num encontro de bruxas no ano passado e me contaram. Em noite de lua cheia, lobisomens não têm sombra porque essa sombra é sagrada. Ela nos protege dos seres da escuridão, que podem ser muito perigosos. Lobisomens não têm sombra na lua cheia, porque já estão amaldiçoados; elas foram capturadas pelos seres malignos. Nunca mais um lobisomem a terá de volta.

– Bem, não pretendo virar lobisomem, então, a minha sombra vai ficar sempre comigo.

– Sim, a de dia sim, mas a que aparecer com a lua cheia... – avisou Tamires num tom ainda mais incisivo. – Nunca a queime, por nada neste mundo.

— Mas, Tamires, como é que eu vou queimar uma sombra?

— Isso é muito fácil de acontecer. Quando ela aparecer na noite de lua cheia, você precisa tomar cuidado para que ela não tenha contato com fogo. Se a luz da chama encostar na sua sombra, ela se queima e abre passagens para que seus piores pesadelos saiam da escuridão e venham te perseguir.

— Ah, então eu vou dar um jeito de queimar a sombra da Juliana, assim ela vai se arrepender de ter me roubado um namorado.

— Só a pessoa pode queimar a própria sombra, ninguém mais. Ela é quem teria que pegar o fogo e passar pela sombra dela, só assim para machucá-la. Isso é para proteger as pessoas dessas coisas que você pensou em fazer.

— Ai eu estava brincando... — reclamou, mas percebeu que a amiga ficou irritada.

Certo dia, Karina foi convidada por vários colegas para um grande festival de música numa cidade próxima que era considerada mística e, claro, Tamires estaria presente. O evento começaria à meia-noite, com lua cheia. Bandas famosas iriam se apresentar.

No momento preciso em que Karina encontrou com Tamires, a lua cheia apareceu e surgiram as sombras suaves, mas muito escuras, das duas garotas.

— Olha só, não é que é verdade?! — disse ela. — Nunca tinha reparado nisso antes.

— Então, é só tomar cuidado que nada vai lhe acontecer.

— Quanta bobagem, Tamires. Quer ver uma coisa? — Karina pegou um isqueiro de um amigo e o acendeu. Então, ela ergueu a chama e passou por cima de sua própria sombra, várias vezes.

Tamires tentou impedi-la, mas desistiu. Apenas murmurou "agora é tarde", e foi embora.

Karina continuou se divertindo no show. Pensou em procurar a amiga no dia seguinte e pedir desculpas; ela pareceu ofendida.

Chegou em casa pela manhã, tomou banho e se jogou na cama. Estava exausta, mas nada de o sono chegar. Apostou que fosse culpa da luminosidade que penetrava pela janela e tratou de fechar melhor a cortina. Não adiantou. Pegou o celular para rever alguns momentos do show, porém, de repente, alguma coisa aconteceu. A imagem começou a se aproximar, como se ela tivesse acionado o zoom e, então, viu a si mesma no palco. Achou aquilo muito maluco, pois ela nem se aproximara dele. Continuou a assistir e notou que estava caída no chão, mas ninguém a via. Os músicos pisavam nela, principalmente em seus pés.

– Nossa! O que foi isso? – disse Karina acordando. Tivera um pesadelo. Olhou para o lado e seu celular estava no lugar de sempre, ainda era dia. Resolveu se levantar para beber água e, quando colocou os pés no chão, sentiu uma forte dor e gritou.

Sua mãe entrou correndo e assustou-se quando viu os pés da garota; estavam arroxeados. Karina ainda levou uma grande bronca, mas não conseguia se lembrar de ter feito nada em excesso, usara um sapato bastante confortável. A mãe lhe trouxe uma bacia com água e isso ajudou a relaxar.

Recebeu um convite para outra festa e aceitou. Achou que não ia adiantar ficar em casa esperando a dor passar. Foi para uma lanchonete com os amigos, mas acabou saindo cedo, pois começou a se sentir muito cansada.

Lobisomem e outros seres da escuridão

Dormiu rapidamente e, outra vez, não teve um sono tranquilo. Se alguém pudesse vê-la, perceberia sua agitação na cama, jogando travesseiro e cobertor no chão, e sua transpiração excessiva. Despertou exausta com uma estranha dor na face. Levantou-se e foi ao banheiro, lembrando-se de ter tido outro pesadelo. Achou curioso, pois raramente os tinha e, quando isso acontecia, não eram tão detalhados. No daquela noite, caminhava num parque deserto, sozinha, ouvindo muitos gritos. Algumas pessoas pediam socorro, choravam, diziam que não queriam ficar ali. Ela sentiu muito medo, correu para fugir daquelas vozes e, de repente, alguém lhe deu um murro violento, que feriu sua boca e até arrancou um dente. Ao se olhar no espelho, ficou paralisada: seu rosto estava vermelho e, ao abrir a boca, percebeu que saía sangue de um dente. Ao tocá-lo, ele caiu direto na pia. Começou a chorar.

A mãe ficou espantada. Quis a todo custo saber o que tinha se passado, mas Karina não conseguia explicar. Foi levada ao dentista, que iniciou um tratamento para corrigir aquela falha, e voltou para seu quarto, muito triste. Não quis sair, estava se sentindo feia. Sua mãe até achou melhor que ela permanecesse em casa por uns tempos.

Mas a situação piorou muito. Todas as vezes que tentava dormir, Karina tinha um pesadelo, que se tornava real ao longo do dia. Não conseguia se recordar de outro período em que tivesse passado por algo semelhante. Sempre tivera um sono tranquilo, profundo, raramente se lembrava de um sonho. Agora, entretanto, ao despertar, temia se levantar da cama.

Ninguém conseguia encontrar uma explicação lógica para tudo aquilo. Chegaram até a cogitar que ela estivesse se machucando de propósito para conseguir alguma atenção. Ela percebia que duvidavam dela, por muitas vezes sentia-se sozinha.

Temendo os pesadelos, decidiu que não iria dormir nunca mais. Karina procurava ficar em atividade o tempo todo, mas isso apenas a tornava mais cansada. Tomou atitudes drásticas, como deixar o celular no bolso com o despertador preparado para vibrar a cada dez segundos, mas nem isso adiantou. A bateria acabava sem que ela tivesse tempo de recarregá-la e, então, dormia. Percebeu também que, quanto mais resistia ao sono, pior seria o pesadelo.

O que se tornou um grande receio foi a ideia de imaginar que algo ruim poderia acontecer às pessoas que amava. Temia que algum desastre matasse algum amigo ou parente. Esforçava-se para não pensar em nenhum deles. Parou de atender o telefone, ler mensagens. Imaginou que, quanto menos soubesse da vida deles, melhor.

Acordada, chorava o tempo todo, sem saber o que fazer. Praticamente não saía mais à rua e sua família já pretendia interná-la.

Então, pensando em tudo isso, lembrou-se da história da sombra... Talvez Tamires pudesse ajudá-la.

Ligou para a amiga e contou tudo o que estava acontecendo.

— Eu lhe avisei — disse Tamires. — Agora, só tem uma solução. Você precisa falar com a sua sombra.

— Como assim?

— Você vai ter que procurá-la em seus pesadelos, ela estará ferida. Só ela conhece a própria cura.

— E como é que eu a encontro? — perguntou Karina.

— Não tenho certeza. Nunca vi isso antes. Até fui me informar, depois do que você fez... Bem, vou lhe dizer o que encontrei. Ela não pode descobrir que você a procura, pois ela perdeu a confiança... Você a machucou de propósito. Tem que esperar que ela venha atrás de você. Quando for dormir, pense no seu nome ao contrário, e, se ela quiser, vai surgir. Mas não olhe para ela, de jeito nenhum. A sombra não gosta que vejam as feridas dela. Quando eu achar mais coisas, eu te falo.

Karina desligou o telefone e, pela primeira vez em dias, desejou dormir. A única coisa que passava por sua mente era seu nome ao contrário: Anirak, Anirak, Anirak. Teve a impressão de que passou um longo tempo e, como Tamires lhe dissera, sentiu que algo se aproximava, de forma sofrida...

— O que você quer de mim? Não está satisfeita com o mal que me causou? Estou sentindo muita dor.

Karina não teve coragem de se virar.

— Eu... Quero pedir desculpas, lhe ajudar. — Tudo ficou em silêncio. Pela primeira vez, a jovem sentiu que não estava em um pesadelo, talvez estivesse entrando em um sonho.

— Há um jeito de me curar. Preste atenção, pois nunca mais vou falar com você, até que repare o mal que me fez.

— Sim, eu faço o que for necessário.

— Para que eu fique curada, você precisa, no próximo eclipse total da Lua, deixar que, quando eu for aparecer, que seja dentro de algum lugar com muita água, um lago pode resolver o problema.

— Entendi, sim, eu prometo, eu prometo... Vou fazer exatamente isso.

Ao concordar com a sombra. Karina acordou. Sentiu-se aliviada. Não tivera nenhum pesadelo e faria exatamente o que lhe fora pedido. Estava muito mal: já havia perdido um dente, sentido dores nos pés, seu cabelo estava caindo aos poucos, seu cachorro desaparecera misteriosamente e até alguns amigos pararam de falar com ela. Também temeu que, se sonhasse com sua própria morte, talvez...

Aquilo tinha que parar. Ela iria fazer o que a sombra pediu. Era só se programar. Havia um lago num parque perto dali. Estaria diante dele, à meia-noite, no próximo eclipse total da Lua.

Foi então que percebeu que não sabia quando ele iria acontecer. Nunca fora ligada nesse tipo de assunto nem se recordava do último. Tamires certamente saberia.

Karina pegou seu celular, consultou o calendário e correu rapidamente pelas datas procurando alguma informação. Não achou, só apareciam as fases da lua. Então, de repente, seu telefone tocou, ela atendeu, era sua amiga, que estava preocupada com aquele assunto.

— Tamires, me diga uma coisa. Você sabe quando vai acontecer o próximo eclipse total da Lua?

— Claro... — Depois de uma breve pausa ela disse: — Daqui a um ano, exatamente, um ano. Mas, por que você quer saber isso?

Karina deixou o telefone cair. Começou a chorar, entrou em pânico. Olhou para seu corpo machucado, dolorido. Não sabia se iria sobreviver daquele jeito por mais um ano.

Do outro lado, Tamires, perplexa, escutou a amiga dar um forte grito e, em seguida, surgiu um silêncio aterrador.

Sempre me interessei por histórias fantásticas e de assombração. Morria de medo dos filmes de Drácula com o ator Christopher Lee. Antigamente, esses filmes só passavam às altas horas da noite, e eu não podia assistir. Mas buscava por informações e detalhes, principalmente os que me deixassem com "frio na espinha". Também ficava impressionado com contos sobre a vingança dos mortos ou quando eles pediam por algum tipo de ajuda.

Com o tempo, descobri que existem outros monstros horríveis, prontos para assombrar o nosso dia a dia, como os lobisomens, por exemplo. Agora, finalmente chegou a minha vez de escrever histórias que, talvez, não sejam totalmente ficcionais. Se alguma coisa acontecer com você, eu não tive culpa, pois deixei este recado por aqui. Depois não diga que não avisei! Já publiquei mais de vinte livros e até ganhei um prêmio de literatura bem bacana, o Jabuti. Para saber mais, dê uma olhadinha no meu site: www.manuelfilho.com.br.

© Andrelina Silva

Shirley Souza

O devorador de almas

Imerso em escuridão. Era assim que Lucas se sentia. O mais estranho era ter consciência de estar dormindo. Dormindo, mas consciente de si mesmo. Poderia chamar isso de sonho?

Recordou o que fizera antes de se deitar, certificando-se de que havia apagado a luz e sentido o sono chegar. Lembrava do corpo cansado, dos problemas que atormentavam sua mente e da sensação de que tudo seria melhor após uma noite bem dormida. Depois de algum tempo nessa situação, impacientou-se.

Tentou acordar. Nada feito.

Experimentou mover-se. Foi estranho. Sentia que se deslocava no escuro, mas não era como andar, apenas fluía. Não via suas mãos, seus pés, não tinha corpo. Era a consciência de si mesmo fluindo naquela escuridão.

Aos poucos, começou a distinguir contornos, diferenças mínimas entre o breu que existia diante dele e a negritude de saliências a seu redor.

— Para que servem os sonhos? — ouviu e parou, procurando saber de onde a voz suave viera.

— Quem está aí? — perguntou, assustado, identificando uma sombra um pouco acima dele.

— Os sonhos servem para nos lembrar do que esquecemos... — foi a resposta.

— Quem é você?

Silêncio. Sentiu algo passar voando sobre sua cabeça, barulho de asas. Não pôde enxergar, mas teve a certeza de que era um homem. Um homem alado, feito de escuridão.

— Só pode ser um sonho — disse tentando se convencer.

Voltou a se deslocar, precisava encontrar a saída o quanto antes. Tinha de despertar.

Como se fosse uma resposta à sua busca, viu uma fraca luminosidade alaranjada adiante. Era um foco de luz, engolido pela escuridão por todos os lados. Seguiu em sua direção, sentia que era para lá que deveria ir.

Logo depois, percebeu que alguma coisa esperava por ele, um vulto indefinido movia-se naquela luz fraca. Conseguia afirmar que era grande e seus contornos fundiam-se com as trevas que limitavam a luminosidade alaranjada. Não era o mesmo ser que passara voando sobre sua cabeça instantes atrás. Era diferente, maior, sem asas...

De onde estava, calculava que a criatura tinha uns três metros de altura ou mais, e chifres longos e curvilíneos.

Lucas queria saber o que era aquilo, mas também desejava manter distância. Sem concluir se deveria aproximar-se ou fugir, foi arrastado pela força que emanava daquele ser.

Agora, mais perto, via o rosto comprido, como um cão magro, de focinho muito longo. No alto da cabeça, os chifres enormes. O corpo era humano e imenso. Olhar para ele era observar a escuridão, como se fosse composto pelas trevas.

Tentou parar. Não queria prosseguir. Iria em outra direção, deveria afastar-se dali o quanto fosse possível, o mais rápido que pudesse.

Porém, não podia. Tarde demais para tomar decisões.

— Isso é um sonho. Um pesadelo... Tudo vai ficar bem quando eu acordar — falou para si mesmo, buscando acalmar-se.

— Não, Lucas. Não é um sonho — a criatura disse numa voz que mais parecia o ronco das profundezas da terra.

— O que está acontecendo??? — Lucas gritou, fazendo força para afastar-se, mas era como se a escuridão o prendesse, o mantivesse ali, imóvel. Apavorou-se, quanto mais se debatia mais aprisionado ficava.

— Isso não é um sonho, é um reencontro — foi a resposta.

Lucas estacou, horrorizado. Parou de esforçar-se para fugir. De repente, tudo o que desejava era entender:

— Não é um reencontro. Eu nunca estive aqui... — falou, irritado, para a criatura.

— Você não se lembra, mas garanto que nos encontramos muitas e muitas vezes neste lugar. O esquecimento é o único jeito de garantir a sua existência...

— Quem é você? — Lucas sentia-se dominado por um medo que nunca havia experimentado antes.

— Sou aquele que lhe oferece a escolha. Você veio até mim para escolher, mais uma vez.

– Eu quero acordar! – Lucas voltou a se debater, pressentindo que essa tal escolha não era algo bom.

– Estou na escuridão desde a origem dos tempos – continuou o ser, calmo, ignorando a reação do rapaz. – Sou aquele que recepciona os humanos que morrem dormindo e lhes oferece a opção de seguir adiante – e apontou para o local de onde vinha a luz –, para o desconhecido; ou de retornar para a Terra, para uma nova vida... sem lembrar de nada do que passou, do que fez, do que viveu nos outros retornos. Um recomeço.

– Eu morri? Morri dormindo, é isso??? – Lucas sentia o desespero aumentar, tinha apenas vinte anos, não compreendia como era possível isso ter acontecido com ele.

Estava nervoso demais para perceber que seu pavor despertava um prazer imenso na criatura que o observava.

– Qual é a sua escolha, Lucas? Vai seguir para o desconhecido ou voltar para uma nova vida na Terra?

Lucas não conseguia acreditar que aquilo era real. Fez mais força para escapar das garras da escuridão e acordar.

– Há mais um detalhe em nossa transação: o pagamento. Se você escolher ir em frente – continuou o ser, impassível –, para o desconhecido, é só seguir, não vou lhe fazer nada. Pode ir... a viagem é gratuita... Contudo, se optar, como das outras vezes, por voltar e ter uma nova vida na Terra, precisarei cobrar meu tributo: sua alma será dividida e metade dela servirá para saciar minha fome.

– Isso tudo é uma loucura! Eu não posso estar morto! É um pesadelo, não é? – Lucas começou a chorar.

Não ouviu a resposta. Acordou. Soluçando.

Suava muito, sua cama estava ensopada apesar do frio que fazia. Acendeu a luminária e sentou-se, apoiando-se na cabeceira. Sozinho, em sua quitinete, ficou olhando para as paredes, tentando compreender o que ocorrera. Convencia-se de que tudo não tinha passado de um sonho ruim.

Então por que seu cérebro dizia o contrário? Por que não parava de ouvir aquela frase, "Os sonhos servem para nos lembrar do que esquecemos..."?

Era estranho, mas sentia que, naquela noite, verdadeiramente recordara fatos que tinham acontecido, e isso o apavorava. Decidiu que não voltaria a dormir. Não queria correr o risco de encontrar aquela criatura novamente.

Levantou-se. Preparou um café forte. Ligou o computador. Conectou-se à internet e começou a pesquisar "divisão de almas", "morrer dormindo" e outras tantas entradas...

Não achou nada parecido com o que lhe acontecera.

O dia estava clareando quando baixou um PDF, uma dissertação de mestrado em inglês, sobre o Devorador de Almas, uma criatura ancestral, com cabeça de chacal e corpo humano, que fazia parte das crenças de uma tribo nômade africana. Segundo a lenda, ele aguardava na escuridão pelos que morriam dormindo, para devorar-lhes a alma.

Sentiu o medo crescer. O mesmo pavor que experimentara no pesadelo. Começou a suar frio. Era muita coincidência sonhar com algo de que nunca ouvira falar e que já atemorizara um povo em um continente distante.

Pensou se realmente tinha visto o Devorador, se havia recordado um encontro anterior, como avisara o homem alado feito de sombras: sonhar para lembrar do que foi esquecido...

Se esses encontros realmente tivessem existido: quantos teriam sido? Quantas vezes sua alma fora dividida e a criatura teria devorado parte dela? Quanto ainda restaria para novas divisões? Ou ela seria infinita? Achava absurdo pensar naquilo tudo, mas não conseguia evitar. As ideias pareciam fixas em sua mente.

Tomou um banho, comeu e, ao olhar-se no espelho, antes de sair, viu a imagem de alguém perturbado, profundamente atormentado. Um jovem que em nada lembrava o Lucas do dia anterior, de antes daquela noite estranha.

Foi para a faculdade, mas não para a aula. Seguiu para o prédio da biblioteca de filosofia e sociologia. Queria pesquisar mais, descobrir mais. Precisava disso.

Ao final da tarde, tinha encontrado poucas das respostas que procurava. Confirmou que a ideia da divisão de almas existia em diferentes culturas. A causa dessa ruptura variava muito. O ponto em comum era a conclusão: as almas se tornavam mais frágeis, cada vez que eram divididas, até ficarem tão fragilizadas a ponto de serem corrompíveis ou destruídas.

Sabia que se tivesse lido uma informação assim antes de sonhar, julgaria ser besteira, tema para um filme de terror ou uma história para ser contada ao redor de uma fogueira, em um acampamento com os amigos, para atemorizar as garotas. Porém, agora, não conseguia pensar assim. Tinha medo.

Refletia sobre si mesmo e perguntava-se o quanto ele próprio era frágil e corrompível.

Voltou para casa e, naquela noite, não dormiu. No dia seguinte, não saiu. Passou as horas buscando se distrair, jogando on-line, tentando esquecer... e não dormir. Não podia dormir.

Seus pais ligaram para o seu celular, mas ele não atendeu. Não queria falar com eles. Precisava ficar sozinho, quieto.

Costumava conversar com sua família, no interior, uma vez por dia. A mãe ficava preocupada quando não recebia notícias do filho, que vivia sozinho desde que fora estudar na capital. Comumente, ele evitava deixar a mãe aflita. Mas, naquele dia, isso não tinha a menor importância.

Estava decidido a não dormir nunca mais, mesmo sabendo que seria impossível. E foi.

Ao fim de tarde, em frente da televisão, não percebeu o sono chegar. Não se deu conta de que os olhos fechavam.

Instantes depois, desesperou-se por se encontrar dentro daquela escuridão, a mesma de antes.

— Decidiu? — ouviu a voz do Devorador de Almas imerso nas trevas. — Qual será a sua escolha dessa vez?

— O que vai acontecer comigo se eu seguir adiante? — procurou manter-se calmo e obter a resposta para o que mais o afligia e que não encontrara em lugar nenhum.

— Já respondi a isso. Irá em direção ao desconhecido. Você tem coragem para ver o que há nesse caminho ou se há um caminho?

Lucas calou.

— Se você quiser voltar — continuou o Devorador —, apenas repetirá a escolha feita tantas e tantas vezes anteriormente... e estará mais perto de mim.

— Mais perto de você? — Não conseguia evitar, perdeu o controle, e o medo cresceu aceleradamente.

— Você já sabe, não é mesmo, Lucas?

Ele sabia, mas temia assumir. O Devorador prosseguiu:

— Você deve sentir a nossa ligação. Cada vez que você optou por voltar para a Terra, sua alma foi dividida ao meio, para que eu devorasse metade dela. É fácil entender que, a cada divisão, o que resta de sua alma é mais frágil. Falta pouco para chegar o momento em que ela não poderá ser dividida. Quando isso acontecer, não terá mais direito a escolha, Lucas. No último encontro, quando sua alma estiver tão frágil quanto um fio de cabelo, eu devorarei o que restar dela... E você fará parte de mim, para sempre.

Lucas não queria isso, mas também não tinha coragem para simplesmente seguir adiante. E se deixasse de existir? Quanto ainda restaria de sua alma? Quantas vezes mais seria dividida?

Acordou como se caísse de um abismo, tentando se encaixar no corpo que repousava. Despertou pela segunda vez do mesmo pesadelo bizarro, sentia-se afortunado, como escapando com vida de um acidente fatal.

Sempre fora desligado de tudo o que se referisse a religião ou espiritualidade. Não acreditava em nada. Apenas vivia o cotidiano, dia após dia. Era difícil aceitar seus sonhos como uma possibilidade, como algo real. Sua mente se debatia. Devia estar ficando louco.

Algum canto de sua consciência respondia que não, que não era loucura. Essa sensação o atormentava ainda mais.

A obsessão de que realmente existia o Devorador de Almas em seu destino cresceu em Lucas, como um verme cresce e se apropria de seu hospedeiro. Decidiu que não iria mais dormir. Se fosse morrer, morreria de outra forma. Evitaria o encontro. Mudaria o seu destino. Mas faltava coragem para fazer o que sabia que deveria ser feito.

Nos dias que se seguiram, movido a comprimidos e estimulantes, Lucas encontrou o inferno que existia dentro de si mesmo. Descobriu que o que guardava em sua mente era o pior inimigo que poderia ter. Lucas sofreu por causa de um sonho que talvez fosse mais do que isso, talvez mostrasse seu futuro ou não passasse de um simples sonho.

Não atendia aos telefonemas dos pais que, a cada dia, tornavam-se mais insistentes. Não respondia às mensagens dos colegas de faculdade. Apenas fugia de tudo e de todos.

Por quanto tempo suportaria ficar ali, trancado em seu apartamento, isolado do mundo e acordado? Quanto seu cérebro era capaz de aguentar? E seu corpo?

Lucas não sabia nenhuma das respostas, e reconhecia ser um covarde. Alguém fraco... corrompido.

Não tinha coragem de enfrentar o encontro – se é que ele realmente existiria...

Não tinha coragem de escolher o caminho desconhecido.

Tampouco tinha coragem de acabar com sua vida e escapar do Devorador de Almas.

Cinco dias depois de seu recolhimento doentio ter começado, a porta do apartamento de Lucas foi aberta à força. Sua família viera do interior descobrir o que havia acontecido com ele. O estado do rapaz era deplorável. Ele não falava coisa com coisa. Estava violento. Os pais suspeitaram do uso de drogas.

Intervenção. Lucas foi enviado a um hospital psiquiátrico, contra a sua vontade. Sabia que aquilo seria seu fim. Seus pais não o compreendiam. Ele não estava louco! Estava?

Um sedativo foi aplicado em sua veia depois de ele ter se debatido muito, tentando escapar.

Lucas pôde ver a escuridão chegando. Dessa vez teria de escolher? Ele adormeceu, mesmo lutando com todas as suas forças contra isso.

No hospital, horas depois, ninguém conseguia explicar como ou por que aconteceu... nenhum exame pós-morte mostrava a causa para Lucas não ter acordado.

Shirley Souza

Laila

Vou contar uma história, uma das muitas que vi acontecer e que acompanhei bem de perto.

Michele tinha quase 15 anos quando nos aproximamos, e não havia nada de especial nela. Não era bonita nem feia. Não era a mais inteligente ou a mais atrasada de sua turma. Não possuía um talento que se destacasse. Uma garota comum, mas sem amigos. E eu gostava disso.

Na sua escola, quando chegavam no ensino médio, os alunos não precisavam usar uniforme. Era o momento de firmarem suas identidades, de mostrarem ao mundo quem eram.

Acontece que, aos 14 ou 15 anos, logo descobriam que melhor era pertencer a um grupo, a ser excluído dele. Por isso, os adolescentes vestiam-se de maneira mais ou menos parecida, a não ser Michele.

Andar vestida com roupas pretas todos os dias, com cruzes penduradas no pescoço, as unhas e os olhos pintados de negro era, na opinião da maioria, muito esquisito.

Por essa razão, por ser considerada estranha por grande parte de seus colegas de classe, Michele fora excluída do grupo e era alvo constante de provocações e brincadeiras de mau gosto.

E por ter nascido em uma sexta-feira 13, como haviam descoberto, sempre ouvia que devia ser por isso que era tão anormal, que só podia ser uma bruxa, alguém que não merecia estar entre as pessoas de bem.

Pessoas de bem!

Até aqui, nada de incomum: o mundo está cheio de casos assim. Pense. Aí mesmo, na sua escola, devem existir algumas micheles... meninas ou meninos nessa mesma situação.

Mas esta Michele, da história que decidi contar para você, me interessou, me despertou a vontade de interferir, mesmo sabendo que não devia, pois só podemos agir quando convidados...

A menina era muito sozinha e não dividia suas aflições com ninguém. Isso criava uma espécie de ímã para mim. Eu me sentia atraída por aquela dor, por aquela escuridão que crescia dentro dela.

Seus pais nunca estavam em casa, sempre trabalhando. E, quando estavam, pareciam incapazes de perceber o sofrimento mudo da filha. Contentavam-se em acompanhar suas notas, perguntar se estava tudo bem e ouvir o "sim" como resposta. Seres vazios, como a maioria das pessoas é nos dias de hoje... Não estavam interessados na verdade.

Michele podia ser uma garota comum, mas não era vazia como grande parte de vocês. Guardava todas as emoções,

Lobisomem e outros seres da escuridão

todas as frustrações e humilhações, escondidas bem no fundo de si, como algo proibido de ser tocado. E como eu desejava tocar tudo isso!

Ela nunca reagia às agressões sofridas. Passava calada por elas. Bem, foi assim até eu me aproximar.

Não é à toa que nossos mundos são separados por muitas barreiras. Se vocês pudessem ver tudo o que existe além do que chamam de realidade, talvez acordassem dessa vida sem sentido que levam.

Enquanto eu não fosse chamada, não conseguiria me revelar a essa menina. Mas sou antiga, nasci pouco depois da origem dos mundos, e conheço muitos caminhos para tocar os humanos, ainda que a distância.

Soprei em seus ouvidos a revolta, suavemente, dia após dia... e me senti fortalecida, quando, depois de mais uma brincadeira idiota de um colega qualquer, que atirou em seus cabelos o papel de seu lanche lambuzado de gordura e molho, Michele respondeu com raiva:

— Você vai se arrepender, cretino!

Apesar de o garoto fazer da resposta mais um motivo para gozações, arremedando a menina e dizendo ironicamente estar morrendo de medo, eu sabia que havia conseguido. Nem Michele tinha consciência, mas uma semente de revolta atravessara os limites que separam nossos mundos e fora plantada em seus sentimentos. Encontrara um terreno fértil naquela menina que, sozinha, limpava os cabelos no banheiro, olhando para o espelho e vendo o vazio.

Isso era o que mais me interessava porque, depois desse dia, seria uma questão de tempo para nos encontrarmos e nos unirmos.

Sua solidão continuava a aumentar, ainda que isso parecesse impossível.

É tão interessante como as sementes germinam e trazem plantas que nem imaginávamos existir dentro delas! Como uma árvore pode caber dentro de uma minúscula semente? Você já pensou sobre isso?

Foi assim com Michele.

Eu a percebi inquieta nos dias que seguiram, insatisfeita sem saber com o quê. A ira aumentava sob todos os sentimentos guardados, brotara e crescia em solo fértil.

Seu aniversário estava próximo e cairia, como no ano em que nasceu, em uma sexta-feira 13. Isso a perturbava, mesmo que não quisesse assumir.

Nas últimas semanas, vinha recebendo bilhetinhos que zombavam da situação e prometiam um presente especial: uma fogueira para uma bruxa.

Ela tinha certeza de que os colegas não teriam coragem, que era tudo parte dessa humilhação sem fim, mas ainda assim sentia-se impelida a reagir, a lutar contra tudo e contra todos e, ao mesmo tempo, pressentia que esse desejo não era o dela, ela não era desse jeito.

Foi delicioso assistir ao conflito. Tão jovem e tão atenta. Muitos adultos de quem me aproximei anteriormente não perceberam a minha influência, a minha presença, até tudo ser concretizado e não haver mais volta.

Dois dias antes de seu aniversário, em uma tarde ensolarada, Michele deixou-se navegar sem rumo na internet. Não sabia o que procurava. Apenas pulava de um site a outro até que chegou onde me interessava. Uma página sobre rituais antigos, de magia de tempos ancestrais.

Lobisomem e outros seres da escuridão

E, como eu esperava, atentou para um ritual específico: a invocação de um demônio para lhe servir, para lhe proteger...

Lembro que, quando se deu conta do que estava desejando, desconectou e foi para a sala ver TV. Fez muita força para não pensar nisso e conseguiu... por um curto período, manteve a ideia distante de sua mente. Cheguei a temer que ela não me aceitaria, que logo eu seria obrigada a me afastar, mas a humanidade sempre joga a nosso favor. Felizmente.

No dia de seu aniversário, ao final das aulas, a um quarteirão de distância do colégio, Michele não conseguiu escapar dos ovos, da farinha, da água. Enquanto o trote acontecia, um menino filmava tudo, disposto a divulgar na internet a barbaridade que cometiam. Um deles, empolgado, pegou um saco de lixo que estava em uma calçada e o despejou sobre a garota que se encolhia, sem encontrar saída.

"Eu devia ter realizado o ritual", ela pensou, e eu me uni a ela mais fortemente do que antes.

Alguém gritou:

– Agora só falta a fogueira para queimar a bruxa!

Um adulto decidiu sair da comodidade de sua casa para acabar com a gritaria que o atrapalhava. Não que se importasse com aquela menina emporcalhada e destruída. Contudo, ainda assim, lhe fez o bem ao espantar os adolescentes dizendo que chamaria a polícia.

Logo, Michele estava sozinha. Foi para casa. Tomou um banho. Colocou sua roupa para lavar. Deitou-se em sua cama. Chorou. Pela primeira vez ela chorou.

Depois do choro, veio a decisão: iria fazer o ritual que lera na internet. Não diziam que era uma bruxa? Então, realmente, seria uma.

Tomou coragem e procurou o vídeo de sua tortura de aniversário na rede. Não foi difícil encontrar. Sua humilhação postada e comentada por vários colegas de classe. Aquilo a fez recolher-se, enxugar as lágrimas e guardar tudo onde sempre guardava, bem no fundo de seus sentimentos. Entrou no site que visitara dias atrás e imprimiu o ritual. Verificou tudo o que precisaria e reuniu os itens em seu quarto, enquanto ainda estava sozinha.

Os pais chegaram e pediram uma pizza portuguesa, prato favorito da menina. Do pai ganhou o kit de maquiagem que queria; da mãe, uma gargantilha que vira no shopping e tanto desejara. Uma garota... como tantas outras, mas que teria um destino incomum.

Michele era esperta. Esperou seus pais dormirem antes de sair para o quintal. Executou o ritual com precisão, naquela noite de lua negra – a minha predileta, quando meus poderes tornam-se mais fortes.

Fez a invocação e eu a atendi, apesar de ela não saber disso.

Não queria assustá-la. Afinal, ela não passava de uma menina e não fazia ideia das consequências de seus atos. O desespero seria sua reação, se eu me apresentasse logo após o ritual. Não era isso o que eu queria.

Toda a dor que trazia dentro de si foi o suficiente para abrir o portal. E eu atravessei os limites dos mundos, precisava aproveitar essa oportunidade tão rara e não arriscar tudo me revelando precipitadamente.

Foi interessante vê-la frustrada, sem saber o que havia feito na verdade.

No dia seguinte, eu estava na sala de aula de Michele, como uma aluna nova, sentada bem atrás de sua carteira.

Lobisomem e outros seres da escuridão

Escolhi para mim uma aparência adequada. Bonita o suficiente para chamar a atenção dos meninos e fazer as meninas terem vontade de se aproximarem. Não me confraternizei com nenhum deles, mas também não os repeli. Criei uma aura de mistério que tanto atrai os jovens.

De Michele tentei me fazer amiga, mas ela mostrou-se arredia. Não reconhecia em mim a força que havia invocado. Com a paciência que as eras me concederam, esperei.

Dia após dia, criei laços superficiais com aqueles adolescentes, e me dediquei a vencer as defesas de Michele, até chegar a acompanhá-la em parte do intervalo, ou conversar com ela entre uma aula e outra, conquistando sua amizade e confiança, para o estranhamento de toda a turma.

De início, ela não percebeu minha intervenção na concretização de seus obscuros desejos.

Recordo o dia em que aquele idiota, que jogara o papel do sanduíche em seus cabelos, voltou a agir. O menino repetiu o trote, grudando o papel sujo do lanche nos cabelos de Michele quando passou por ela.

Ela, em silêncio, desejou que aquele sanduíche que o garoto comera lhe causasse uma dor de barriga, ou algo pior. Concentrou-se nessa ideia e ficou confusa quando notou que eu a observava sorrindo.

Realizei sua vontade. Arthur começou a passar mal antes de o período terminar, precisou ir para casa e desapareceu por uma semana, vítima de uma séria intoxicação alimentar.

Minha protegida estranhou a notícia, mas não desconfiou de que aquilo era a sua vingança sendo realizada pelo demônio que invocara. A seus olhos, tudo não passava de uma coincidência.

Depois dessa, executei muitas outras pequenas punições para ela: em uma garota que insistia na ideia de provocar-lhe com a fogueira de queimar bruxas, providenciei o aparecimento de espinhas que fizeram sua pele arder como se tivesse sido queimada; naquele menino que filmara as celebrações de seu aniversário, quando ele gravava mais um dos trotes agressivos, causei uma infecção ocular que praticamente o cegou por meses.

Brincadeiras de crianças.

Por isso mesmo, logo eu estava farta disso tudo e decidi que chegara a hora de me revelar. Não estava disposta a continuar impondo castigos tão ingênuos. Sabia que ela era capaz de muito mais.

Encontrei Michele na biblioteca do colégio, uma tarde, sozinha. Não fiz rodeios. Expliquei que estava cansada de brincar com seus coleguinhas.

Ela não entendeu. Eu fui didática. Relembrei a noite de seu aniversário, o ritual feito e me apresentei:

— Não sou uma adolescente, humana, Michele. Sou Laila, um demônio quase tão antigo quanto o tempo...

Ela tentou se levantar, sair dali, achando que era mais um trote de seus colegas. Não permiti.

Mostrei o quanto sabia de sua história, de seus sentimentos e suas vontades. Evidenciei como havia realizado seus desejos até aquele momento e o quanto me irritava por ela não usar seu potencial de vingança e insistir naqueles castigos típicos de histórias para crianças. Disse a ela que precisava fazer algo mais feroz, que já era hora... que já estava entediada e queria me divertir, desejava sangue.

Ela me rejeitou.

Eu sinceramente não esperava por isso.

Saiu da escola, foi para casa e me encontrou em seu quarto, esperando por ela.

Os humanos são ridículos. Não desapegam das mentiras que consideram verdades mesmo com a realidade gritando em seus ouvidos.

Só quando me viu ali, sentada em sua cama, com minha verdadeira forma revelada, ela acreditou que eu não era humana, mas ainda assim não me aceitou como sendo o demônio que invocara.

Tudo fugiu do que eu tinha planejado, quando ela tentou ordenar que eu voltasse para o lugar de onde havia vindo. Ela disse que não queria vingar-se, que não desejava machucar ninguém, que eu devia partir.

Humanos... todos fracos...

Eu sorri. Não estava disposta a voltar. Não antes de me saciar completamente.

Nos dias que se passaram, ela procurava formas de me desconjurar, brigamos quando ela gritou que eu devia obedecer-lhe pois fora invocada para isso, para lhe servir.

Mostrei que não era bem assim, que ela não mandava em mim, que eu não era sua serva, apenas uma boa amiga.

Não parti. Dei início à diversão.

Primeiro foi uma fratura exposta na perna de um dos meninos que tantas vezes havia humilhado minha querida amiga. E ela não me agradeceu por isso.

Depois, foi a menina que postava fotos de fogueiras no mural de Michele. Queimei a garota em um experimento no laboratório de química. Mais uma vez, não recebi qualquer agradecimento.

Minha protegida não entendia que eu fazia isso por ela. Ao contrário, preenchia-se com medo. Temia que eu continuasse a agir, que a atacasse...

Ela não imaginava que justamente o medo era o sentimento que mais me atraía... mais me fortalecia.

Entretanto, é preciso assumir que eu me descuidei. Estava entretida demais, divertindo-me com as pequenas torturas que criava. Não me ative ao que Michele fazia, e a ingrata me surpreendeu.

Ela me fez parar, ao realizar um antigo e perigoso ritual. Eu não sei dizer onde ela descobriu aquilo. Naqueles dias eu já estava distante dela, ressentida por Michele não compreender a nossa ligação.

Também foi em uma noite de lua negra que ela realizou o ritual, desenhando os símbolos no chão, com seu próprio sangue.

Mesmo não querendo, eu lhe obedeci... Era mais forte do que eu. Lamentei porque ela não compreendia que a única prejudicada seria ela mesma. Juntas, poderíamos ser fortes, extremamente fortes, mas não dessa forma!

Parti, porém não voltei para o meu mundo. Questiono-me se, naquele momento, Michele sabia o que havia feito de fato.

O ritual aprisionou-me. De minha prisão, vi a garota ser encontrada pelos pais, entre a vida e a morte. Como humanos que são, julgaram que Michele tentara o suicídio. Levaram-na para o hospital onde ela se recuperou. Meses viraram anos, e ela continuava sob acompanhamento psicológico.

Era impossível ser a mesma de antes, ela sabia.

Ainda que Michele não aceitasse pensar sobre isso, podia sentir que não tinha se livrado completamente de mim...

Desconfiava que não havia conseguido nada além de me aprisionar dentro de si mesma.

E essa possibilidade fez com que um desespero crescesse, a cada dia, no silêncio de sua mente. Ela sentia que eu arranhava minhas amarras, suavemente, buscando me soltar. Michele não tinha certeza de que eu permaneceria lá, aprisionada, para sempre.

Realmente, para sempre é muito tempo. E eu não intencionava esperar tanto assim.

Por isso, fiz o que fiz.

Alimentei-me do medo que crescia em Michele. Fortaleci-me até ter condições de sair. Então, apossei-me dela e subjuguei sua consciência.

Quando me vi dona de seu corpo decidi escrever esta história antes de partir... História que os humanos lerão e na qual não acreditarão. Pensarão que Michele enlouqueceu antes de morrer tão estranhamente.

Não serão capazes de compreender que eu apenas saí, quebrei as correntes que me prendiam àquela ingrata e parti, deixando seu corpo vazio.

Terminado meu relato, seguirei adiante. Não voltarei para o mundo de onde eu vim. Ainda não estou satisfeita.

Irei em busca de alguém que me aceite e a quem eu possa ajudar... como uma boa amiga.

Adoro histórias que dão medo, principalmente as escritas. Ler uma narrativa de terror ou de suspense é um convite para imaginar, ouvir, sentir o perigo próximo... e isso me encanta. Assistir a um filme do gênero também é algo que não dispenso, mas não há nada como ler e enfrentar sozinha os monstros imaginados.

Sempre gostei de escrever e de desenhar, contar histórias sobre tudo o que me vem à cabeça. Já publiquei mais de trinta livros, mas meus primeiros contos de terror nasceram nesta coleção **Hora do Medo.** Foi bom ver meus monstros ganhando vida nessas histórias, fazendo coisas que nem eu esperava, agindo quase que por conta própria. Agora que estão prontos, espero que meus seres da escuridão tenham levado um pouco de medo até você e despertado a sua imaginação.

Se quiser conhecer mais sobre o que escrevi, visite o site: www.shirleysouza.com.br.

© Dani Sandrini